李 浩 作 品 系 列

李 浩

陕西靖边人，长江学者特聘教授，现执教于西北大学中国文化研究中心暨汉唐文学研究院。著有学术著作《唐代关中士族与文学》《唐代三大地域文学士族研究》《唐代园林别业考录》《唐诗美学精读》等。

李浩作品系列

《课比天大》（增订版）

《行水看云》

《怅望古今》

《马驹：道一传灯录》

《流声：中国姓名文化》

行水看云

李浩 著

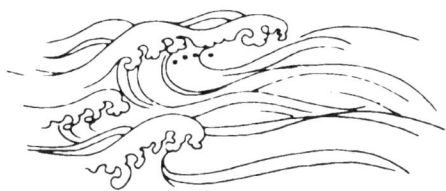

生活·讀書·新知 三联书店

图书在版编目(CIP)数据

行水看云/李浩著. —北京:生活·读书·新知三联书店,2017.9
(李浩作品系列)
ISBN 978 - 7 - 108 - 06005 - 1

Ⅰ. ①行… Ⅱ. ①李… Ⅲ. ①随笔－作品集－中国－当代
Ⅳ. ①I267. 1

中国版本图书馆 CIP 数据核字(2017)第 144476 号

责任编辑 王秦伟 徐旻玥
封面设计 刘 俊
责任印制 黄雪明
出版发行 生活·讀書·新知 三联书店
　　　　(北京市东城区美术馆东街 22 号)
邮　编 100010
印　刷 江苏苏中印刷有限公司
版　次 2017 年 9 月第 2 版
　　　　2017 年 9 月第 2 次印刷
开　本 880 毫米×1230 毫米 1/32 印张 8.875
字　数 160 千字
定　价 45.00 元

自 序

20 世纪的一位西方哲人克罗齐曾说过一句流传很广的话：一切历史都是当代史。其实这句话也可以头脚倒置过来：一切当代史都是历史。你想想看，并不要你等到白发渔樵，也不要你傻看秋月春风，转瞬即逝的东西像毛毛虫一样沿着你的眼角眉梢蜿蜒不断，不用多久就把你光洁的皮肤雕刻得丘壑纵横。涓涓细泉汇聚成时间的洪流，侵袭着你所谓的当下与现在，有些浪头高如江潮，猛如海啸，顷刻间就会吞噬掉你精心搭建的那些叫作创造、叫作成就的东东。你在惊愕之余，自不免更加黯然，对经过人类夸大的种种成就会产生别样的理解。

这一戏仿的命题也会使我们对生命中的一些庸常和琐屑多几分怜爱与珍惜。抢救史料不仅仅是上古史研究或夏商周断代工程的竞标口号，同时也隐含着对当下生活所有细节的足够珍视。

也许，我们对当下的一些判断可能太匆忙太草率。那些慷慨激昂、气壮山河的表述，那些急匆匆塞进中小学教科书中的文字，那些不和脑子商量、不假思索脱口秀出的华丽演讲和珠玉文章，其实宏论未必是定论，巨大未必是伟大，更未必能藏诸名山，传之后世。将当下的一些散碎琐屑的材料有意识地保存下来，给未来的史学实验室多存一些活标本，留待后人自由评说，则不失为一种理性与明智的做法，也可以说是对历史的另一种"了解之同情"。

按照诠释学的观点，文学与历史其实都是阐释，这可视为文史既是同源的，也是同用的。按照更时尚的互文性理论，则不光文史可以互相解释，就连我们自鸣得意的那些独立创作，也总是与历史上的名著范本，有着剪不断理还乱的复杂关系。有时你越要撇清，越会陷入各种互文的指控中。

收入本集中的这些教书或专业写作之余的边角料，无甚重大价值，弃置也未尝不可。朋友们虽曾不断鼓励，但我尚有自知之明。有些曾在报刊上登载过，有些草成于信纸或电脑文档中，要不是为编这个小集，过不久自己也会将其删掉。还有些文字写完后仅挂在某些专业网站我的那个点击率并不高的博客上。

自打有了网络，出版和发表的门槛被极大地降低，人人是写手，处处可发表。于我而言，把文字粘贴在博客中，就算发表，也懒得再投稿。当然访问者寥寥，链接的朋友也不多，真可谓"闲居少邻并，草径入荒园"了。在销售率、点击率、排行榜、票房决定一切的时代，我不以为羞，坚持不逐队随群，觉得在乱哄哄、闹嚷嚷的虚拟化生存中，能拥有些许真实的寂寞和孤独，能争得一点清爽和自在，委实就是一份几近奢侈和昂贵的享受。

我们个体生命的那些小感触、小情绪、小体会，在时代巨变的大风浪劫掠后，往往被清除，被忽略不计。犹如在东南亚海啸、汶川地震、福岛核辐射中，无论是低声叹息还是高声哀号，都是细微的，也是无助的。在大灾难面前，狂呼人定胜天就像无知无畏的少年吹鼓胀的皮球一样，细小的针刺就能把狂妄的自大彻底戳穿。

在激情燃烧的岁月，我也曾迷信过枪杆子、笔杆子对解放人类、改造社会的作用，及至二毛之年，开始反思"两杆子"的功能是否被过分夸大了。枪杆子姑且不论，单说笔杆子，究竟对世道人心的改良有多大作用？笔杆子是否像核能一样同时还有它的负能量？我越来越陷入困惑。但有一点可以肯定，阅读、思考、写作虽不一定能拯救劳苦大众或解放全人类，至少可以拯救或解放自我，时尚的说法叫自我的救赎。从这个意义上说，古人推崇"读书为己"甚于"读书为人"的理念，其实是蛮深刻的。

晚年的达尔文说："很久没有读诗和欣赏一首乐曲，这不只是我理智上的损失，甚至也是道德方面的欠缺。"宋代的东坡居士看法更新潮："宁可食无肉，不可居无竹。"偷闲读点旧书，写点发抒小感触的散碎文字，虽谈不上什么大意义，但至少可以让手脑同时运动，流水不腐，户枢不蠹。保证身体和心灵不至于因封闭凝滞而变得过早衰败腐朽。

我也曾有个梦想，就是在专业的教学科研工作之余，无目的，无功利，无追求，仅为兴趣和感触写点小东西，但绝不会开辟第二战场，也绝不会把业余爱好发展成为第二专业或第二职业。记得很多年前，一位长者很怜悯地对我说，你们这代人很可怜，没有度过真正的童年，没有开心地游戏和玩耍过。"文革"的成人化和后"四人帮"时代的成人化，剥夺了这一代人的游戏和玩耍。我对长者的话深以为然，总想找寻补偿缺憾的方式。

大概文字游戏是一种老少皆宜的健身健脑活动，应尽量保持它作为兴趣与癖好的单纯性，不要被其他欲求干扰和影响。故我始终没有让这些散碎文字被立项，被评审，被开评论会，被作为成果计入教学或科研工作量。这种刻意的有些矫情的回避能坚持多久，能有什么意义？我不好说，至少目前我还能坚守，就像一个老男孩不停地捣鼓一个旧钟表一样，就像我在长满芜草的博客上还能守住寂寞一样。

行水看云

目　录

讲说存稿

书山速写

行水看云

世象闲谭

屐痕点点

讲说存稿

我们的生活缺失什么?

　　物质生活的丰富,交通运输的便捷,学校教育的普及,特别是由互联网所引发的数字革命,正在深刻地改变着世界,也在改变着中国。我们的物理空间和虚拟空间显得非常的丰富甚至拥挤,因为堆砌了太多的叫作物资、财富、经验和知识的东西。这样看来,似乎我们的生活并不缺少什么。

　　各级文联和作协的组织中都有一类叫诗人的成员,各个出版社印制的纸质出版物中都有一类叫诗集,各种刊物报纸、各个网站、各类博客中也都有一种分行排列甚至押韵的文字。在地区性的、全国性的,甚至国际性的奖励中,也不乏颁给文学家或诗人的荣誉。如此看来,似乎我们的生活中也并不缺少那种叫诗的东西。相反,我们可以举出许多诗歌普及甚至繁荣、诗人活跃甚至有成就的例证。

　　第二届中国诗歌节选在古城西安召开,给我们提供了一个从周秦汉唐的历史隧道观察当代诗歌生存状态的视角,这样的限制与规定也许有些狭窄,但却能使我们的思考更专注、更集中,也使长期在书斋中从事古典研究的学人,有机会与当代的诗人、诗论家、诗歌爱好者互动、交流、沟通,在一个更为广阔的平台上思考当代人精神生态与当代诗歌命运这样的大问题、真问题。

"屈平辞赋悬日月,楚王台榭空山丘"(李白《江上吟》),物换星移,风流总被雨打风吹去。不管是楚国的君王、秦汉的皇帝,还是大唐的天子,俱往矣!承载并演绎他们霸业的雕栏玉砌、亭台楼阁也都荡然无存了。留传下来的反倒是屈原的辞赋、李白的诗歌。所以,在大唐王朝灭亡1102年后的长安讲坛上我要执着地发问:今天我们的生活缺失了什么?

我的答案是,与唐人相比,我们的生活缺失了诗意、诗兴、诗胆和诗语。

德国诗人荷尔德林在他的诗里曾写道:"人,诗意地栖居在大地上。"(《在柔媚的湛蓝中》)"诗意栖居"作为一个哲学命题被提出,正反衬出它在当代生活中的稀罕与匮乏;"诗意栖居"在当下中国被房地产商用华丽的广告牌高高挂起,正说明它与我们寻常百姓是多么遥远,像天价的商品房一样高不可攀。充满诗意的、感性的、真诚的生活,本来应该像充满新鲜空气的生活一样稀松平常。当空气被污染、水源被污染、土地被污染、农作物被污染、牛奶被污染已引起广泛关注,享受新鲜空气、清洁水源、健康食品被当作一项权利提出时,值得沉思的是,现代化、工业化使生活缺少诗意,却从未引起人们的严重关切,更未有人将享受诗意生活作为一项个人权利来提出。

唐人王维《终南别业》诗中说:"兴来每独往,胜事空自知。

行到水穷处,坐看云起时。"兴,或者说诗兴,是一种纯粹的高级的艺术的冲动。我们今天的生活则充满功利的、目标的、既定的意向,很少有率性而为的不期而遇的意外的收获。我们的诗人和作家目标明确地瞄准"五个一工程奖""茅盾文学奖""诺贝尔文学奖"写作,不再是冲着诗兴、冲着艺术冲动来写作。文学仿佛可以用几种成分按比例勾兑,诗歌仿佛像编写程序一样,只要一篇成功,随后就可以在流水线上生产组装一车厢。

唐代诗人刘叉《自问》诗中说自己"酒肠宽似海,诗胆大于天",唐代史学理论家刘知几提出合格的史学家要具备胆、识、才、学四种品格,而当代诗人、诗论家、诗歌读者不再以为诗胆是诗人或诗歌的一个基本元素,直面人生、干预现实也不再被认为是优秀作品的基本要求。

汉语是一种高贵的语言、典雅的语言、柔软的语言,本质上是一种诗性的语言。"五四"以来的白话文运动使古代汉语的高贵典雅和诗性流失不少,欧化句式、外来语、科技时尚新词的泛滥成灾,使汉语中典雅的、得体的、诗性的表达被蒸发得越来越少。皮之不存,毛将焉附?连高贵的、典雅的、诗性的语言环境都发生了危机,我们又如何苛责诗人和诗歌呢?

这就是我认为我们生活中缺失的四种基本成分,我们精神上需要进补的四种基本元素。有了以上四种元素,即便写的是散文、小说、肥皂剧、顺口溜、手机短信、网络段子,本质上仍然是诗性的。没有这些成分,即便写成整齐排列、分行押韵的文字，即便套红、镶金突出强调出来，即便获得文学大奖，即便再次出现诗歌大跃进、诗歌井喷，仍然是一件令人悲哀的事情。

三十年前改革开放伊始，邓小平同志以通俗直白的语言说：让一部分人物质上先富起来。此后十年，普林斯顿大学的一位华裔学者余英时接着说：让一部分人精神上先富起来。时间又过了十年，我们今天完全有理由说，让一部分人精神上先高贵起来，心灵上先自由起来。而诗歌永远是滋养人类精神、浇灌人类心灵的源头活水。

"天意君须会，人间要好诗"（白居易《读李杜诗集，因题卷后》），所以我虔诚地呼唤生活中出现更多的好诗、好诗人、好诗论家和有鉴赏力的懂得诗歌的公民大众。

（本文是在 2009 年第二届中国诗歌节上的演讲辞）

行水看云

诗运三关：从古典到现代

    刚刚过去的 20 世纪，暴风骤雨，百年激荡，是一个剧烈变化的时代。政治上，两大阵营冷战对抗；宗教上，各是其是，各美其美；经济上，欲以商业的共同市场来统一世界。

    百年来的中国在急匆匆地追赶现代化的过程中，视传统为包袱、糟粕，弃之唯恐不及；在步履蹒跚地走向世界的过程中，又视世界为洪水，筑起许多心灵的防火墙，拟御敌于国门之外。所以，我们的 20 世纪既是不断交流沟通的时代，又是不断产生隔膜和封锁的时代。在传统和域外两个维度上都有鸿沟：有自然的，有人为的，有主动的，有被动的。文明有冲突，道术有断裂，心理有堤防，确实形成了许多文化断层。新诗的降生，旧体诗的复苏，外国诗的翻译，都是在这样的背景下展开的。

    “21 世纪将是世界轴心文明相互理解的时代”（成中英），今天的论坛也应视作诗歌重新理解古典、理解世界的开始，各位对题旨都作了精彩的阐发，但诚如蒲伯所言“见解人人不同，恰如钟表，各人都相信自己的不差分毫”（《论批评》）。我诗学根基粗浅，十分钟也不适宜于系统阐述诗学体系、详细描绘诗史演进，故权借禅宗三关的话头，从诗之厄、诗之本、诗之道三端来解说 20 世纪诗歌的命运,希望对中国诗歌在新世纪从灵根自植到花果丰茂,能有些启示。

诗之厄

20 世纪的诗歌有过许多辉煌。从黄遵宪、梁启超的"诗界革命"到"五四"前后的狂飙突进,从枪杆诗到民歌体,从 1958 年的诗歌大跃进、小靳庄赛诗会到天安门诗歌事件,诗歌总是和当时的政治同呼吸共命运。但在此后的时间特别是 2000 年之后,诗歌的地位在沉沦,诗歌的影响在式微,诗歌的作者在改行,诗歌的读者群体在锐减,诗集的发行数量在急降。我们经常说"国家不幸诗家幸",那么它的反命题"国家兴时诗不幸"是否成立? 放眼诗歌的现状,不禁让人满目萧然,感极而悲。中国是三千年的诗歌古国,其他可以衰败,但诗歌不应衰败;其他可以匮乏,但诗歌不应匮乏;其他可以没有经验,但诗歌不应没有经验。其他改革需要摸石头过河,诗歌改革难道也需要摸石头过河吗? 不幸的是,这些都发生了。下列诗歌灾厄的六个侧面:

现代新诗的小众化是第一厄。

传统旧诗的断层是第二厄。

西洋翻译诗的无根是第三厄。

诗歌唯政治之马首是瞻是第四厄。

商业控制诗歌出版是第五厄。

浅表化碎片化写作是第六厄。

六厄之下的中国诗歌现状堪忧，不是局部的新诗出了问题、旧诗出了问题，或翻译诗出了问题，也不仅仅是作者出了问题、读者出了问题，而是诗歌各个部门都有问题，需要的是辨证施医，而不是头痛医头，脚痛医脚。

诗之本

关于诗的定义林林总总，应有千百种；关于诗的分体分类错综复杂，也有千百种；关于诗的技巧、技法的说法就更多了。对诗的许多经院哲学的研究，使诗学越来越精致，越来越完美，但与诗的创作也越来越隔绝。诗歌的研究迷失在繁琐的理论中，诗歌的创作却迷失在心灵的荒漠中。正本清源，诗歌应回归常识：

> 诗者，志之所之也。在心为志，发言为诗。(《诗·大序》)
> 诗者，持也，持人性情。(《文心雕龙·明诗》)
> 诗言志，歌咏言，声依咏，律和声。(《尚书·舜典》)
> 诗缘情而绮靡，赋体物而浏亮。(《文赋》)

这些说法其实也并不一致，但都是围绕着情来立论的。何谓情？喜怒哀惧爱恶欲。没有情的诗是伪诗，是去过势的诗，是山寨版的诗。当代诗歌中有真情的少，能将真情艺术地唯美地表达出来的更少，艺术唯美的表现又能为大众喜闻乐见、吸引大众关注的则少之又少，寥若晨星。对于泱泱诗歌古国来说，这是悲哀，也是无奈。

严格意义上说，道德箴言不是诗，口号标语不是诗，哲学讲义不是诗，身体写作不是诗，文言堆砌不是诗。因为在这类东西中，感性的个体的情往往被脱敏，被漂白，被安检，被格式化，被规范统一，被上纲上线。

诗之道

诗之道应该是立交桥，纵横穿梭，四通八达。可以从原野乡村出发，可以从城市商业区出发，可以从连锁快餐店出发，也可以从大学课堂出发。可以业余，可以草根，可以民间，可以专业，可以先锋，可以试验，可以通俗，可以古典，但都要有真情和真情的原创表达。

诗之道应该是互联网，无国界，无种族，既是最私密的，又是最公开的，无远弗届，无往而不胜。20 世纪影响最深远、迄今无论如何评价都不为过的恐怕是互联网的发明。中国诗歌的发展不仅要利用互联网的技术平台、海量信息、各类数据库和搜索引擎，更重要的是，要学习互联网的工作原理。电影《阿凡达》中潘多拉星球上纳美人的思维和感受,不仅部族成员之间可以沟通,还可以和祖先沟通,甚至可以同其他物种沟通。表面上看,这是对现代通信技术的一个简单戏仿,但深层中则是对古代东方文化中的天人感知、古今通邮、物我交融的一种庄严的致意。现代技术给我们提供了工作原理,好莱坞商业片也给我们提供了一个模具。我们的诗能从中获得什么启示呢?

诗情与诗意,不管是古代的、现代的、中国的、外国的、诗作者的、诗读者的,究竟能否接通? 能否互联? 能否彼此理解? 能否驱散诗歌的黑暗? 能否点亮诗歌的天空?

欲求中国诗歌之兴旺发达,应该脱其厄,返其本,循其道。脱其厄诗可小成,返其本诗可中成,广其道则诗可大成。

(本文是 2010 年 9 月 12 日在"北京大学中国诗歌研究院成立大会暨'诗歌:古典与现代'研讨会"上的发言)

师德四维

关于教师的使命与责任,几年前我曾应校工会与人事处的邀请给新参加工作的年轻教师讲过一次,题目是《教师的三重境界》(后收入拙著《怅望古今》一书),分别从敬畏讲台、站好讲台、超越讲台三端展开论述。后来又陆续写过《大学与大楼》《策解高校评估危机》《提高大学教育质量,教授何为?》等文章。其中《策解高校评估危机》一文在美国康奈尔大学召开的国际会议上宣读过,《提高大学教育质量,教授何为?》一文则是在2007年陕西省教工委召开的调研会上的发言,我校由我和舒德干老师汇报,我关于"教授何为"汇报的四个要点分别是:从我做起,自扫门前雪;爱生如子,责任奉献;追求卓越,宁缺毋滥;人格魅力,表率示范。其中第一点和第三点是谈学术道德和学风的,记得当时参会的各位似乎对此没有特别反应,由2009年以来各地发生的学术道德与学风问题来看,我当时的说法并非杞人忧天。

坦率地说,我很喜欢教务处出的这个题目,我愿意将自己的新思考奉献出来,与大家共同探讨。但这也把我逼到了一个很尴尬的境地,按照学术游戏规则,我既不能重复自己,更不能

行水看云

重复别人。我理解的大学教师的使命与责任有四个方面，分别是：佛陀愿、学者眼、园丁剪、老婆心，我把此叫作"师德四维"，也就是构成师德的四根基柱，下面分别解说一下。

佛陀愿

佛陀就是释迦牟尼，原来是迦毗罗卫国的一位王子。看到普天下的生老病死，佛陀毅然放弃了荣华富贵，放弃了他的妃子和儿子，出家修行，普度众生。佛陀愿就是大愿、宏愿。普度、普救、普济、普施，这是何等宏大的庄严的理想和志向。

不光是佛教，在基督教、伊斯兰教、儒教、道教中都有类似的表述，有类似的壮行。而释迦牟尼、耶稣、穆罕默德、老子、孔子都是世界各民族文化中最早的教师，他们传下来的典籍也是最早的最好的教科书,他们从事的活动也是教学活动。佛说:我不入地狱,谁入地狱?宋儒说:为天地立心,为生民立命,为往圣继绝学,为万世开太平。这些都是大愿、宏愿。

取法乎上仅得其中,取法乎中仅得其下。年轻教师如要选自己从教的榜样或偶像,如你选的是释迦牟尼,是耶稣,是穆罕默德,是老子,是孔子,那么你的从教事业就有一个很高的起点,你也能循此通往向上一路。

教师们经常给学生说,授人以"鱼"不如授人以"渔",意思是教师要给学生教方法,而不是仅仅灌输知识。还有人说,要给大学生以常识,给硕士生以方法,给博士生以视野。这些说法都是对的。但我认为第一位的既不是知识也不是方法,而是理念、誓愿。要教给学生大的理念、大的誓愿,教师自己首先应该有。教师没有这样的誓愿,自然腰直不起来,话硬不起来,教出来最好的学生也充其量是一群"精致的利己主义者"(钱理群语)。

学者眼

大学教师首先是学者,有自己的学术专长和学术判断。学术事业要薪火相传,这就要求教师能选出自己的传人。学术事业更要发扬光大,这就要求教师选出来的苗子能后来居上,青出于蓝而胜于蓝。佛教禅宗大师也说:"见过于师,仅堪传授;

见与师齐,减师半德。"其中有些学生是偏才、怪才、大器晚成者,这就需要教师独具慧眼。最近大家议论比较多的是钱伟长先生读清华时,允许他转科的物理教授吴有训。还有熊庆来发现华罗庚,华罗庚发现陈景润,都是学术史上具有慧眼的美谈。复旦大学古文字专家裘锡圭先生破格录取蹬三轮车的青年,之所以成为一大新闻,就是因为当下这样具慧眼的教师太少,而能够促成这样好事的制度和政策更少。

选出好的学术苗子,固然重要,但更重要的是要因材施教,根据学生材质、天分、兴趣的不同,给每位学生提出不同的学业规划建议,让每位学生都能在实现自己人生价值的过程中走向成才之路。不轻视每一位学生,不放弃每一位学生,这是高等教育大众化时代我们教师尤其应具备的责任和使命。

园丁剪

干过农活、学过园艺的人都知道,长势好的庄稼和植物,除了要选用良种外,除草、培土、浇水、修剪,都是不可缺少的环节。大学教师接触到的学生,虽然身体上成人了,但精神上、心理上未必成人,这就需要教师在呵护的同时还要不断敲打。至于在专业上、学术上,学生们更是刚刚迈步,幼稚出错在所难免,更需要我们教师的批评、打磨。孔子和学生讨论的"如切如磋,如琢如磨",也说明只有通过反复的切磋、琢磨,才能不断提升,止于至善。

世界上除了上智与下愚之外,智力中常的人,都是通过后天的学习,通过挫折和失败的学习成长起来的。现代教育的原则,就是通过教师的指导,让学生不断成长,完成精神成人的过程,顺利走向社会。所以批评学生、敲打学生与表扬学生、激励学生,同样是教师的职责,缺一不可。

举例来说,目前有关学术道德和学风问题,上上下下三令五申,但都是侧重强调教师和研究生。我认为中国的足球要从娃娃抓起,计算机要从娃娃抓起,学术道德也要从娃娃抓起。也就是说,从大一新生开始,就要不断敲打学生,就要严格要求学生。这样才有转移风气的可能。

老婆心

老婆心是刀子嘴,豆腐心,是一颗柔软的心,是一颗多愁善感的心。师者要存老婆心。卢梭在《爱弥尔》里说过:教育就是爱。中科院院士、曾任英国诺丁汉大学校董的杨福家先生率先提出,中国大学教育缺乏的既不是经费,也不是人才,而是大爱。陈鲁民先生将此概括为教育应有三境界:大楼、大师和大爱。其中的大爱,也可以解释为一种大慈悲,就是我所说的老婆心,也即我们经常说的苦口婆心。

据我所知,大学生包括研究生最大的失落是,在中学时期,家长、教师视他们为中心，一切围绕着他们，虽然其中也产生了不少矛盾，但那是因爱成恨的。而上了大学，家长鞭长莫及，教师除了上课，与学生交流甚少，疏远了学生，冷落了学生，忽视了学生。所以学生有心理障碍，与教师也有关系。

老婆心要不厌其烦，要诲人不倦。老婆心要从长远出发，源于对子女的爱，但又高于对子女的爱。

以上我绞尽脑汁、自以为独特的几点想法和说法，也许毫无独创，不过是些常识而已。但是当下中国大学教育的发展，我认为缺乏的其实并不是高深的理论，恰恰是常识。那么我也在此郑重承诺并呼吁：提升大学教师的责任与使命，从我做起，从常识做起吧。

（本文是 2010 年 9 月 15 日在"西北大学首届教学论坛"上的演讲稿）

嘱咐与希望

欢迎 2010 级的各位新同学从祖国的四面八方来到古城西安,来到我们这所古老而又年轻的学校,加入我们这个学术共同体。

看到各位年轻的身影、朝气蓬勃的精神状态,我想起了我自己的大学之路。三十一年前的今天,我搭乘便车,长途驱驰,风尘仆仆地从偏僻落后的陕北小县城来到了西安这个国际化的大城市,进入了西北大学。作为恢复高考、改革开放以来的"新三届"大学生,我可以说是知识改变命运、大学铸造人生的典型。从当年的陕北乡下后生成长为一名大学教师,成长为一名唐代文学研究的专家,是西北大学放飞了我的学术理想,是西北大学的宽松环境成就了我独立意志、自由思考、潜心著述、教书育人的学者生涯。

常言说,铁打的营盘,流水的兵。学校每年 7 月送走老兵,9 月又迎来新兵。这两个季节总让人感慨良多。关于学校还有一个比喻,就是像生产流水线。老师像工人,同学们像产品。我希望我们学校生产的都是精品、名品,而不是次品、劣品。但学生这个产品从来都不是被动地被生产,教育理论中所说的教

行水看云

学相长、学思结合、知行统一，都强调学生是主体，在人才培养过程中具有强大的潜在的主动性和创造性。值各位新同学入校之际，我想向未来的各界精英、社会栋梁嘱咐几句，提几点希望。

第一，希望大家培养一些对母校的自豪。现代社会中人才的"出身"背景有三个指标，即出身于某个地域空间、出身于某个血缘家族、出身于某个教育机构。从这个意义上说，学校也是我们的第二故乡，所以我们应该像爱故乡、爱家庭一样热爱自己的母校。以学校兴旺为荣，以学校衰败为耻。像校史上那些杰出的校友罗健夫、杨陆拯、贾平凹、王岐山一样，为母校的荣誉增添光彩。

第二，希望大家养成一些对学术的兴趣。大学的学习与中小学的最根本区别，应该是从兴趣出发，为兴趣爱好而学习，而不仅仅是为考试、为分数、为升学而学习。只有在一种强烈而持久的兴趣导引下，大家才能变被动的应试学习为主动的创新性学习，才能为自己未来的成才打下一个扎实的学术基础。

第三，希望大家掌握一点职业的技能。大学不是职业培训班，但大学应该给同学们未来的就业与工作提供基本的条件，同学们应善于利用这些条件，掌握一到几种基本的职业技能，在未来的职场中具有雄厚的竞争力。

第四，希望大家肩负一点成人的责任。对于绝大多数同学来说，进入大学与进入成年是同步的，我们东方国家的大学虽不举行西方宗教意义上的成人礼,但我认为从入学典礼到毕业典礼的四年中,实际上也是完成了另外意义上的成人礼。成人了就应该多一份公民的责任——知识男性的责任或知识女性的责任,就应该多一份当代青年的道义担当和使命担当。

卑之无甚高论,我不会说雷人的话,也不会用各位喜欢的网络语言。以上四点自豪、兴趣、技能、责任都是稀松平常的话,是一些人所皆知的常识,也是我这个有二十多年教龄的教师兼学生家长的大实话。大学生活不是杯具不是餐具,而是一出波澜壮阔的正剧,理想的人生不是传说,而是电影《阿凡达》中潘多拉星球上纳美人的精灵,是可以感知、可以进入、可以触摸、可以捕捉的灵性和灵境。如果我们能存敬畏之心,做艰苦努力,一定会有一段无悔的大学生活,也一定会度过一个有价值、有意义的人生。

(本文是 2010 年 9 月 3 日在"西北大学 2010 级新生入学典礼"上的致辞)

行水看云

经学的源头

经学一直是中国传统文化的主流,也是国学的核心内容。要研究中国前现代社会的精神文化、制度文化,离不开经学;要把握中国学术传统的演进及灵魂,离不开经学;要比较中学与西学的差异,离不开经学。所谓纲举目张,所谓正本清源,所谓微言大义,所谓月映万川,尽在于此。

从学理上讲,陕西关中其实是礼乐文明的发祥地,山东之邹鲁则是礼乐文明的传承地。故历史时期的陕西与经学的荣枯兴衰有千丝万缕的联系。孔子称赞:"周监于二代,郁郁乎文哉! 吾从周。"恰好说明化成天下的文教德治思想的源头在西周的关中故地。在座的彭林先生恰好是礼学专家,我们会议安排后天的学术考察地点周原周公庙,正是礼乐文明滥觞的故址。西汉的长安既是全国政治的首都,又是经学的中心,经学大师董仲舒的学术思想是从长安传播到全国的。东汉迁都,但马融、贾逵、赵岐、杨震等关中经学大师,为东汉经学的繁荣作出了重要贡献。唐代孔颖达的《五经正义》也是在长安完成的。宋代以降,理学盛行,横渠先生张载开宗立派,明清继之,形成中国思想史上极有特色的一个部分,也为中国传统学术的总结,写下了浓重的一笔。

晚近以降,西学盛行,在欧风美雨的鼓荡下,又一次礼崩乐坏,包括经学在内的中国传统学术研究进入了一个新时期,包括经学在内的中国物质文化遗产与非物质文化遗产也面临新的危机,如何寻本源、继绝学、护国宝、探智慧,是摆在我们这一代学人面前的一件神圣而庄严的任务。

有鉴于此,清华大学彭林先生与我校方光华校长商议,由清华和我校合办"第二届中国经学国际学术研讨会",我认为这是一个高瞻远瞩的决定,我完全赞成。我个人的学术背景是中国古代文学研究,于经学为外行,本不该在这样盛大的场合饶舌,因光华校长指定由我院承担此次会议的具体会务,"受人之托,忠人之事",我们决心做好此次会议的后勤保障工作。会议期间,如有安排不妥、接待不周处,请各位专家指出,以便我们改进完善。

（本文是在"第二届中国经学国际学术研讨会"上的致辞）

行水看云

唐代的启示

应邀在"情系长安:两岸文化联谊行"大型文化交流活动的学术研讨会上与各位学界前辈进行切磋交流,我感到非常荣幸。在长沙举行的第五届两岸经贸文化论坛已经圆满落幕,而在西安举行的此次两岸文化联谊行则刚刚启程。前者官方色彩浓些,而后者的民间意味更重些;前者是一个综合性的活动,而后者是一次发思古之幽情的历史文化之旅;前者侧重学理、义理的阐发,而后者则侧重故迹文物的凭吊考察。前后呼应,各具胜义。记得金人元好问《论诗三十首》中说:"眼处心生句自神,暗中摸索总非真。画图临出秦川景,亲到长安有几人?"台湾著名学者、散文家张晓风女士倡导感触教学法,诸位已先行考察了临潼兵马俑等,从国文课本和古典名篇中所读到的灞桥柳、长安月、乐游原、未央宫、汉家陵阙等,不再是虚幻的映象,而是可以触摸、可以履及、可以把玩的真景实物,相信大家所获得的有关长安、故国的印象不再是暗中摸索的假想非有,而是可以实证实悟的现实情景。在汉唐故地举办的这次学术研讨会,将有别于在上海、台北、东京等任何地区举行的活动,有一种特别让人触景生情、兴发感动的况味。

鉴于时间关系,我不能对演讲题目进行过分专业的诠释,仅想作尽量简单的陈述。作为中国历史上时间较长的统一帝国,唐代是前现代社会综合国力最为强盛的时期。唐代出现过政治开明、经济繁荣的时期,曾有"贞观之治""开元之治""开元盛世"等说法。唐代同时是文教昌盛、文明远播、文化创新的鼎盛时期。唐帝国建基于北方,立都于军事前线的长安。长安所在之关中曾被喻为"天地之奥区"(班固)、"金城千里,天府之国"(张良)。按照钱穆先生的观点,立都于关中的周秦汉唐,恰好是中华民族对外拓殖、对外开放最为活跃的时期。这是很值得沉思的。老杜的诗说"回首可怜歌舞地,秦中自古帝王州"(《秋兴八首》其六),我们若要抉发老杜诗的隐义,其实在秦中立都的王朝除数量多之外,还有两个特点,那就是相当的开放,相当的包容。

　　美国著名汉学家费正清(John K. Fairbank)、赖肖尔(Edwin O. Reischauer)在《中国:传统与变革》(*China: Tradition and Transformation*)一书中说:"唐朝作为当时最大的帝国受到许多邻近民族的极力仿效。人类中有如此大比例的人注意中国,不仅把它视为当时首屈一指的军事帝国,而且视为政治和文化的楷模,这在唐以前从未有过,以后也不曾再有。"这些评论或许能给我们的思考一点启示。

唐代的文化成就

根据英国马林诺夫斯基的《文化论》、美国 L. A. 怀特的《文化的科学》中文化系统论、文化层次论的观点,我认为唐代的文化成就主要体现在物质文化、制度文化和精神文化三个方面。

一、物质文化方面的成就。唐代在农业、商业、交通运输、建筑各方面都取得了极高成就。因时间关系,很难简单列举,逐一介绍。以中国古代物质文明的标志性成果——四大发明而言,其中造纸术出现于汉代,火药于唐末已用于战争,活字印刷的前身是雕版印刷,亦出现于隋唐时期。抛开指南针,唐代仍为中华文化贡献了两大发明。

二、制度文化方面的成就。唐代在制度文明方面的最大贡献是科举制的形成和选举制度的完善。选举指选士举官。选举制经过西周的乡举里选、秦汉时的察举制、魏晋南北朝的九品中正制,到隋唐的科举制已相当成熟。隋唐以来的科举制在"五四"以来被国人批判了近百年,但它在一定程度上具有形式上、程序上的公平与正义(何怀宏语),一定程度上做到了成绩面前人人平等,含有现代科层制的许多元素,对西方文官制度的出现有很大影响,不应该全盘否定。

唐代中央官制中的三省六部制,可以说是最早的大部制,不仅比我们现在中央政府的机构简约,甚至比美国的国务院所辖的部还要大。

三、精神文化方面的成就。盛唐精神文化的成就也非常辉煌。在教育方面，国学（太学）、官学、私学互相补充；在文学方面，诗歌、散文、词赋、小说争奇斗艳；在艺术方面，音乐、舞蹈、绘画、书法、雕塑各有千秋；在史学方面，通史、断代史、史论、制度史俱成典范；在宗教方面，道教与佛教繁荣，禅宗中国化，三夷教（景教、祆教和摩尼教）很有市场，伊斯兰教也传入中国；在哲学方面，经学、新儒学得到发展；在科学方面，天文、历法、算学、地学、医学、建筑学成就卓越。有学者谓唐代文学文化的繁荣是以牺牲科技的进步为代价的，似不确，至少我不同意这种看法。

盛唐文化成就的主要特点是：制度文化逐渐完善、审美文化达到高潮、民族文化频繁交流、多元文化构成和谐。

唐代文化繁荣的当代启示

李泽厚在《美的历程》一书中说："古今中外文化的大交流、大融合，无所畏惧、无所顾忌地引进和吸取，无所束缚、无所留恋地创造和革新，打破框框，突破传统，便形成了盛唐之音。"盛唐文化来源于五方杂错、多元融合，在此后的一千多年时间中，它又以先进文化和强势文化的形式影响着历代的中原王朝、周边民族和域外世界。一直到现在，由"唐"字构成的词汇数量很大,使用频率很高,如唐装、唐人、唐诗、唐乐、唐山、唐城、唐风、唐韵、唐人街等。在海外,唐变成了中华文明的第二代名词。温故知新,继往开来,唐代文化的鼎盛也给我们许多启示。

启示之一:树立文化的自主性。本根性、基质性、原典性的文化因素,应是源于本土的、自主开发的。已有学者指出,当代中国政治生活中的"小康社会"、构建和谐、以民为本、和平崛起等等,都是中国传统文化的资源,与20世纪源于西方的阶级对立、斗争哲学、兴无灭资等元素适成对比,此中的潜转暗换,透露出时代大变局的许多消息,确实耐人寻味。

启示之二:涵养文化的多元性。唐代社会处于贵族社会的中后期,故社会文化中的雅俗、士庶、东西、南北、胡汉、僧俗俱存。执政者能海纳百川,容纳异己,兼容并蓄,从某种程度上说,唐代社会更像一个大熔炉,五方杂错,风俗不淳。唐代社会文化的成就能为我们应对当前阶层对立、宗教冲突、民族矛盾,提供很多策略。

启示之三:保持文化的多样性。中国作为联合国《保护非物质文化遗产国际公约》与《世界文化多样性宣言》两个文件的签约国,已经做了不少工作。但在经济全球化与科技一体化的今天,国人对文化例外原则、保持文化多样性原则仍然认识不足,没有看到文化多样性与生物多样性有同等重要的意义。没有意识到像方言、古典诗词、古代服饰、古代祭祀礼俗、社交礼俗等也是一种文化遗产,应当作文化化石与标本来认真保存。

启示之四：促成文化的会通性。唐代通过丝绸之路、香料之路、求法之路促成文化的多向交流，互动互鉴，共同发展。

启示之五：构筑先进文化与外向型文化。与唐以前的魏晋南北朝和唐以后的有宋一代相比，唐代文化无疑是一种先进文化、强势文化、外向型文化。在和平发展的今天，输出革命实质上是一种僵化落后的冷战思维，为人摈弃而落幕。输出文化，用优秀的文化占领国内和国际的市场，彰显自己的软实力，则是恒久普适的策略。目前人们提及的 Made in China，主要还是一些技术含量较低的工业产品，而文化创意产品很少。这方面唐代能给我们许多启发，也能增强我们的许多自信。当然，近几年文化走出去、经典外译以及 HSK 考试的广泛推广，让我们看到中华文化复兴的一线曙光。

《易传·系辞上》引孔夫子的话说："君子之道，或出或处，或默或语。二人同心，其利断金。同心之言，其臭如兰。"我相信，在同文同种的两岸人民共同努力下，唐代文化的复兴、大唐盛世的再现将是为期不远的。

（本文是在"情系长安：两岸文化联谊行"学术研讨会上的演讲辞。2008 年 8 月改稿）

唐诗与唐乐舞

　　向仵埂先生呈报了这个题目后,很快就想反悔,觉得有些自不量力,因为乐舞或舞蹈我压根儿不懂,所以对这个题目我只有一半的发言权。对唐诗也仅仅是爱好和粗知而已,属于半吊子。故面对诸位老师和有术业专攻的同学,我对此演讲题目还不是二分之一的半吊子,而是四分之三的半吊子。

　　我想反悔,不愿讲此题目的另一原因是,这一领域的相关成果积累很多,系统全面阅读已很难,要想创新更难。除崔令钦的《教坊记》、南卓的《羯鼓录》、段安节的《乐府杂录》、王灼的《碧鸡漫志》等古代笔记杂著外,现代学者的成果也相当多,例如任半塘的《唐声诗》、向达的《唐代长安与西域文明》、王克芬的《中国舞蹈发展史》、《中国舞蹈史(隋唐五代部分)》、彭松和于平主编的《中国古代舞蹈史纲》、杨荫浏的《中国古代音乐史稿》、王昆吾的《隋唐五代燕乐杂言歌辞研究》、中国舞蹈艺术研究会舞蹈史研究组编的《全唐诗中的乐舞资料》、张明非的《唐诗与中国文化丛书:唐诗与舞蹈》、沈冬的《唐代乐舞新论》、周晓莲的《中唐乐舞诗研究》等等,我这里仅仅是举例,还不是开列参考文献。

就字面来看,唐诗与唐乐舞应该讨论诗与乐舞的关系或关联性。那么,诗与舞蹈、音乐有无关系或关联性呢?

从艺术发生学角度来看,主流的艺术理论认为诗乐舞是三位一体的,舞蹈与诗歌体自分疏,而来源则一,也可以说它们是姊妹艺术。艺术家族中互攀姊妹的现象很多,那么诗乐舞的姊妹与诗画的姊妹又有何区别呢?

今人喜欢用苏东坡"诗中有画,画中有诗"的话头来说明诗画的姊妹关系,这仅仅是中国人的观点,西方人未必这样看。德国美学家莱辛在他的名著《拉奥孔》中就指出诗与画是"绝不争风吃醋的姊妹"(采用钱锺书的翻译,见《七缀集》,第 6 页),我个人则更倾向于叶维廉先生的说法,他认为诗画这两种艺术均表现出"出位之思(诗或画各自跳出本位而欲成为另一种艺术的企图)"(见叶维廉《中国诗学》)。我曾打过一个比方,我说这一对姊妹都有些这山看见那山高,有姊妹易嫁、交换夫君的企图,或者说都有钱锺书引用西谚揭橥出的"围城心理"。诗追求画的特写性、具象性、空间并发性,而画羡慕诗的抒情性、暗示性、时间流动性(详参拙著《唐诗美学精读》第一章的相关论述)。所以,今天我再打一个不恰当的比方,如果说,诗画是表姊妹的话,那么诗乐舞就是不出五服的血亲姊妹。从血缘关系上来说,诗乐舞的关系要比诗画的关系更亲密。

从艺术史来说,诗或文学与音乐结合的例子不胜枚举,这里仅提几例。

《礼记·乐记》指出:"诗,言其志也;歌,咏其声也;舞,动其容也;三者本于心,然后乐器从之。"三者主从式地构成艺术整体。《毛诗序》:"情动于中而形于言,言之不足故嗟叹之;嗟叹之不足故咏歌之;咏歌之不足,不知手之舞之足之蹈之也。"言、歌、舞渐进式地递进。

1916年诺贝尔文学奖得主、法国著名作家罗曼·罗兰强调音乐文学的说法,他的长篇小说《约翰·克利斯朵夫》便是"音乐小说"的典范,小说运用交响乐式的结构,分为序曲起始部、发展部、高潮部、尾声等几个部分。主人公的青少年反抗生活是第一乐章,奋斗成熟的过程是第二乐章,成功和走向心平气静是第三乐章。罗兰还说道:"我的精神状态始终是音乐的而不是画家的精神状态。我先是把整部作品的音乐效果孕育成满天星云一样璀璨,然后才考虑主要的旋律节奏。"罗兰不仅是优秀的钢琴家,而且是音乐史教授、音乐评论家和音乐家的传记作者,他的《贝多芬传》也是音乐文学的代表作。1993年诺贝尔文学奖得主、美国当代黑人女作家托妮·莫里森也是成功地把音乐艺术与小说艺术结合起来的典范,她把黑人音乐当作自己小说创作的重要叙事策略。巴赫金根据音乐理论提出了"复调小说"的理论,借用音乐术语"复调"(Polyphony)概括小说创作的特征,他在《陀思妥耶夫斯基诗学问题》等理论著作中指出陀氏"创造了一种全新的艺术思维类型——复调型的艺术思维",于是多声部、多角度、多音调的复调理论在文学理论界被广泛接受。

从唐代的实际来看,据不完全统计,《全唐诗》五万多首诗中有两千多首写到了歌乐舞。如白居易的长诗《霓裳羽衣歌和微之》,对于《霓裳羽衣曲》的创作、音乐、舞姿、服饰都有绝妙的描写。《琵琶行》则描写了琵琶女高超的弹奏技艺,运用文学手法展现了音乐艺术。白居易还在《听曹刚弹琵琶兼示重莲》中说:"拨拨弦弦意不同,胡啼番语两玲珑。谁能截得曹刚手,插向重莲衣袖中?"对曹氏的音乐才华表达了赞美之情。李贺的《李凭箜篌引》中则用"昆山玉碎凤凰叫,芙蓉泣露香兰笑"等形容箜篌所奏音乐的美妙。刘禹锡在《与歌者米嘉荣》诗中赞扬了西域音乐的魅力:"唱得凉州意外声,旧人唯数米嘉荣。近来时世轻先辈,好染髭须事后生。"李绅《悲善才》一诗将诗情、乐意、舞姿交融。在唐诗中"胡旋舞""胡腾舞"和"柘枝舞"出现的频率非常高,构成了一个奇妙的音乐艺术氛围。元稹、白居易均以《胡旋女》为题进行创作,刘言史有《王中丞宅夜观舞胡腾》,李端写《胡腾儿》,张祜有《观杨瑗〈柘枝〉》。

综合前人的看法,我从以下几点强调一下唐诗与唐乐舞的关系。

一、唐诗保存了唐乐舞的全息多维信息。唐代乐舞资料在《旧唐书·音乐志》、敦煌壁画、敦煌古谱、出土文物、地志笔记、民间田野中均有保存,但唐诗是乐舞最好的存储器。它的记录有一种特别的价值。第一是现场性,很多诗是对表演演奏

行水看云

即时的现场记录。唐代乐舞诗、音乐诗中,作者大多用"观""听"这样的动词。第二是效果性,很多诗同时渲染了演出效果,如《李凭箜篌引》《听颖师弹琴》等。第三是记录了演出者与观赏者的互动。许多诗既记录了乐舞表演,又通过发感慨的方式发表了音乐评论,往往是非常精彩的乐评、舞评。

二、音乐诗或乐舞诗体现了艺术的辩证法。如白居易《琵琶行》中描写乐音一段:"大弦嘈嘈如急雨,小弦切切如私语。嘈嘈切切错杂弹,大珠小珠落玉盘。间关莺语花底滑,幽咽泉流冰下难。冰泉冷涩弦凝绝,凝绝不通声暂歇。别有幽愁暗恨生,此时无声胜有声。银瓶乍破水浆迸,铁骑突出刀枪鸣。曲终收拨当心画,四弦一声如裂帛。东船西舫悄无言,唯见江心秋月白。"将诗句进一步简化,便是这样:嘈嘈切切→凝绝无声→四弦裂帛→主客无言。在两次嘈嘈切切、急弦繁音、震人视听的间歇,分别插入"无声"、"无言"的休止符,构成了两次听觉上的空白。如果说第一次的凝绝无声,只是弹奏者的乐器,而第二次则是东船西舫——强调演出效果,听众与演奏者同时陷入了冥思,表现出复杂丰富的高峰体验(详参拙著《唐诗美学精读》第四章的相关论述)。钱锺书先生曾对此现象分析道:"寂之于音,或为先声,或为遗响,当声之无,有声之用。是以有绝响或阒响之静,亦有蕴响或酝响之静。静故曰'希声',虽'希声'而蕴响酝响,是谓'大音'。乐止响息之时太久,则静之与声若长别远睽,疏阔遗忘,不复相关交接。《琵琶行》'此时'二字最宜着眼,上文亦曰'声暂歇',正谓声与声之间隔必暂而非永,方能蓄孕'大音'也。此境生于闻根直觉,无待他根。"(《管锥编》,第2册,第449页)

另如李端《听筝》:"鸣筝金粟柱,素手玉房前。欲得周郎顾,时时误拂弦。"徐增评阅:"妇人卖弄身份,巧于撩拨,往往以有心为无心。手在弦上,意属听者。在赏音人之前,不欲见长,偏欲见短。见长则人审其音,见短则人见其意。李君何故知得恁细。"(《而庵说唐诗》)原作和评论对弹筝者的动作细节与心理世界均有很深入的阐发,很具辩证思维。

三、唐诗和唐乐舞的精品都臻于中国古典美学的极致:境界。欧阳予倩先生在《一得余抄》中说:"舞蹈应当有诗的境界,舞蹈艺术离不开诗,它和诗是相依为命的。"境界是中国艺术美学的一个核心范畴。唐诗境界的基本美学规定是"境生于象外"。换言之,是由具体实像辐射出的虚像,是由实景跃入的艺术虚空,是从有限超越到了无限,从对具体形象的观赏、把玩领悟到了宇宙本体和自然元气。艺术境界实质上就是源于形象而又超于形象的这样一种恍兮惚兮的象外之象,景外之景,味外之味(详参拙著《唐诗美学精读》第一章的相关论述)。优秀的唐诗作品和乐舞作品都具有这样的境界。史敏教授提到敦煌舞姿中有一种"空灵""善化"的宗教神态美,这种神态美便是一种境界美。

四、作为历史时期重要的非物质文化遗产,都面临着一个如何抢救和保护的困境,这方面诗歌的传播弘扬应能给乐舞一些启示。第一,短制。中国历史上影响最大的十首诗:李白的《静夜思》、孟郊的《游子吟》、白居易的《赋得古原草送别》、曹植的《七步诗》、王之涣的《登鹳雀楼》、王维的《九月九日忆山东兄弟》、《诗经》的第一首《关雎》、李清照的《夏日绝句》、王勃的《送杜少府之任蜀州》、李绅的《悯农》。香港市民评选出来的唐诗十佳分别是:《游子吟》(孟郊)、《清明》(杜牧)、《静夜思》(李白)、《登鹳雀楼》(王之涣)、《乐游原》(李商隐)、《春晓》(孟浩然)、《赋得古原草送别》(白居易)、《悯农》(李绅)、《早发白帝城》(李白)、《回乡偶书》(贺知章),多为五七言绝句或未超过十句的短章。第二,配合。唐诗传播往往与绘画、书法配合,当代又可用多媒体等数字技术来展示,建议乐舞也能找到一种普及的途径。第三,从娃娃抓起。唐诗选在中小学教科书中,唐乐舞也应在中小学教材中出现。

(本文是 2010 年 12 月 11 日在"西安音乐学院舞蹈系建系十周年庆典学术研讨会"上的演讲稿)

唐诗与中国文化精神

　　唐诗是唐代的一种文学形式。近代著名学者王国维曾以"一代有一代之文学"来说明中国文学史上每一个时期的文学各有所长。我们常用汉赋来代表汉代文学,用唐诗代表唐代文学,用宋词代表宋代文学,用元曲来代表元代文学,而明清小说则代表了明清两个时代丰富多彩的文学。这并不是说汉代只有赋,唐代只有诗,而只是因为当时这种文学形式太突出了。其他的品种或文类被这种代表性文类的光彩所照耀,也可以说在传播中这种代表性文类的投影很有可能遮蔽了其他文类的光彩。

　　从联合国教科文组织到国内,都在提一个说法,叫"抢救与保护非物质文化遗产"。但是我们现在只意识到了昆曲要抢救,京剧要抢救,秦腔要抢救。其实要抢救的还应该包括唐诗、汉赋以及美轮美奂的骈体文,还有楹联对句等等。再不抢救,二十年后能写的人和能读懂的人就会越来越少,"广陵散从此绝矣"。如果这些非物质文化遗产中的诗词曲赋从此断绝了,那么文化中最高境界的东西也就失传了。

　　好在现在已经意识到了这个问题,社会各界从各个方面表达了对本土文化重要性的体认。一个成熟发达的民族和国家，其国语、国文、国学、国乐、国史都会受到极大的重视。近二十年来，内地中学及大学学生的外国语水平有了长足的提高，而国语水平却在不断下降，其中原因值得深思。我们从事大学中文教育的人不敢企望中文教育能与计算机、化学、物理、数学等理工科专业比肩，但在我们这样一个主权国家中，汉语的地位起码应该与外国语同样重要，中文教育也应被置于与外语教育同样重要的位置。

何谓"文化精神"

文化精神一词是由英文学术界传来，即英文"Ethos"一词的意译，在西方近几十年的文化人类学著作中使用的频率很高，中文学术界或音译为"意索"，或意译为"文化精神""民族精神""精神气质"。

文化精神的含义是指作为本质要素和内在命脉的文化传统，是一种文化特有的价值观念系统，亦即一种文化哲学。这是文化中充满生命活力的具有原初性和本根性的基质。

用文化精神的话语及相关理论来解释和分析中国文化现象的学术著作逐渐多了起来。著名历史学家钱穆在他的一系列著作如《中国文化导论》中就多次使用文化精神一词。北京大学学者陈来(现就任清华国学研究院院长)也多次使用文化精神来解释中国传统和历史中的一些现象。在唐代文学领域，邓小军等学者用文化精神一词来解释唐代文化现象。拙著《唐代关中士族与文学》一书中开宗明义第一章即从唐代关中地域与文化精神入手，来讨论唐代关中的文化和文学现象。

本文试图就唐诗与文化精神进行一些粗浅的探讨。

唐诗与文化精神，我们可以狭义地理解为唐诗中所蕴含的中国文化精神，也可以宽泛地理解为唐诗与中国文化精神的关联性。本文取后者的意思。

任何一种事物，我们都可以从历史的或曰时间的角度去理解，也可以从逻辑的角度去认识。历史与逻辑并重应该是历史研究的基本路径，本文即拟从这两个视角来介绍唐诗与中国文化精神，即唐诗与中国文化精神的历史走向和理论含义。

唐诗与中国文化精神的历史走向

从时间演变的角度看，唐诗与中国文化精神的关联性主要表现在以下几个方面。

一、从打破传统到建立传统

唐诗所产生的时代是一个全新的时代，整个社会的思想、文化包括唐诗的形式，都是全新的。这其中包含着对前代文化的否定、批判和解构。

行水看云

这种发展的模式,我们在人类科技史中也可以看到。库恩在其《科学革命的结构》中提到科学革命的范式,也是从对知识的质疑到对知识的批判、否定,进而提出新的科学假说,逐渐为大家所接受,成为新的知识。这种知识又受到更新的质疑和批判,形成新的假说,开始新一轮循环。

　　库恩的这种科学革命的范式其实也适用于中国历史文化。唐诗就开始于对传统诗歌的批判。以陈子昂和李白为例,陈子昂就在《与东方左史虬修竹篇序》这封书信中对六朝诗歌和初唐诗歌进行了大力批判,而李白也在《古风》等诗歌中对前代文学进行了批判。

　　唐诗包括古体诗和今体诗(近体诗)两种。古体诗在唐以前就已发展得比较成熟了。唐人也写古体,如陈子昂的《感遇》、李白的《古风》《蜀道难》《将进酒》《梁甫吟》等都属于古体诗。今体诗则是在唐代才逐渐成熟并定型的诗歌形式,即律诗和绝句。律诗又分五言律诗和七言律诗,绝句又有五言绝句、七言绝句和六言绝句。这些都是在唐代定型的。

　　“不破不立”,唐诗打破了旧的传统,创立了新的传统。这种新的传统、新的范式、新的权威,一方面可供后人学习继承,另一方面也为后人提供了批判的对象。唐诗的写法曾受到宋人的批判,元明清时代也有人批判。“五四”新文化运动的领军人物,从胡适之、李大钊到鲁迅、傅斯年,对传统文化进行了彻底批判,其中也包括五言律诗、七言律诗。有人说胡适提出要反对旧文学,且言行一致,作文写诗从不用文言,尽量用白话文,其与传统文学彻底决裂的良苦用心于此甚为显著。

二、从雅到俗的走向

唐诗的趣味主要是雅的趣味,这种典雅、高雅的趣味来源于南方文学,而北方地区的作者对这种南方风气非常迷恋,成为热情的模仿者。于是南方文学趣味风行天下,唐代宫廷君臣都弥漫在这种典雅中。

隋唐以前,中国曾经历了三百多年的动乱时期。继西晋之后的东晋已将都城迁到了南方的建康,南方地区在东晋以后又经历了宋、齐、梁、陈四朝。北方地区被少数民族政权占据,历五胡十六国,至北魏为拓跋氏所统一,开始推行汉化政策。然而为时未久,又分裂为东魏(都城在洛阳)、西魏(都城在长安),至后来发展为北齐、北周。隋文帝杨坚最初为北周的大将和外戚,后代之而起。杨隋政权虽然在政治上否定了北周,但在文化传承、家族血缘上却与前代一脉相承。

当时,南方文化是正统文化。东晋以后,中原文化整体迁徙到了南方。王、谢等大家族原来都是西晋的王公贵族,永嘉之乱,王朝灭亡,举家迁徙到南方,把整个大家族迁至建康,也把中原地区的高等级文化整体带到了南方,迅速提升了南方地区的文化水平。

中国文化发展之初是北方文化高于南方文化的,但历史上的三次大迁徙改变了这一局面。这三次大迁徙都与大动乱密切相关。由西晋到东晋的"永嘉之乱"是第一次。南方地区当时相当落后,北方人到南方后很不适应,以至于会在席间宴饮时因想到此生难以回到故土而竟潸然泪下,成语"新亭堕泪"就是这样来的。但是这种迁徙却使南方文化在短时间内迅速发展起来。第二次迁徙是在由盛唐向中唐转变的关键——"安史之乱"中。安史叛军进攻后,洛阳、长安相继失守,朝廷逃往四川。长安地区的众多士族大家都随之整体迁至南方,从而又一次使南方文化得到迅速提升。第三次迁徙是在两宋之交的"靖康之乱"中。这次迁徙,都城迁到了杭州。

经过这三次大迁徙,北方文化落后于南方文化就成定局了。因此,陕西或曰西北乃至整个北方整体落后于南方在北宋之后即已形成。一个简单的事例也许可以在一定程度上说明这一点。宋以后的科举状元主要出于南方地区,元明清几百年间也都如此。有时南方一省所出的进士、举人人数即超过了整个北方多个省的总和,如江苏、浙江、安徽等,都是如此。

隋至唐初,南方文化是正统,文人的趣味也好尚高雅。因此当时北方文人喜学南人。颇为传统史家所诟病的隋炀帝杨广,在西方学者的《剑桥中国隋唐史》中得到了较高的评价。隋统一战争中,除了在取建康时有过一些军事冲突以外,占领广大南方地区时,几乎没有大的军事战争。杨广到南方后,说吴语,唱吴音,用南人为智囊,并与南方贵族萧氏联姻,从而受到南方贵族的欢迎,也使南方免于战火。唐太宗本是个胡汉混血的西北汉子,却很喜欢南方软媚的宫廷诗,书法则好南人王羲之华美流丽的行草而不喜北方强劲朴拙的魏碑,并曾不择手段地谋取《兰亭序》。

唐代文学在初期也是南方的雅文化趣味,而在发展过程中则逐渐由雅变俗,从宫廷走向江山塞漠与街坊市井,至中唐出现了白居易的俚俗之作,其诗"老妪能解"。可以说,唐诗发展经历了一个由雅而俗的变化。

从文体看,这种由雅到俗的转变也是很明显的。诗这种文体还是相当典雅的,后来出现的词,尤其是早期词作,是颇近俚俗的。唐代传奇也是比较典雅的文体,是文人的作品,也表现出文人趣味。而发展到宋代的话本小说,其俗意就很重了,传达出浓厚的市井趣味。后者即使今日之一般读者,也很容易看懂,而读懂前者就需要相当的素养和训练,尤其《游仙窟》之类的传奇,中文专业的学生也需参读注本方能理解。骈体文也是一种雅文体,而后来日益盛行的散体文就相对通俗了。

三、从贵族传统到平民气质的走向

唐的前身是魏晋南北朝。著名唐史专家陈寅恪先生曾指出,唐代文化有两个来源:一是西魏北周的文化传统,一是南朝齐梁文化传统。

齐梁文化即是一种贵族文化。许多历史学家都曾提及门阀士族、门阀制度的问题。严格意义上的门阀制度应该说只存在于东晋时期(参见田余庆《东晋门阀士族》一书的相关论述),

行水看云

而广义的贵族文化却存在于自东汉经魏晋南北朝而至唐代这一很长的历史时期内。在这个问题上,内地的史学教科书与海外汉学界存在着很大差别。内地学者多认为魏晋南北朝是一个贵族时代,而唐代却打破了这种局面,是一个平民寒庶在社会各领域地位充分提升的时代。海外学界提出,贵族制度的结束当在北宋与南宋之交,因有"唐宋变革论"之说,认为唐宋之际发生了一个翻天覆地的变化,那就是魏晋以来的门阀制度到北宋末期彻底崩溃,此后便进入了官僚社会。贵族为世袭,官僚授职则要看子弟个人素质。同时,魏晋至隋唐有一些大家士族,其传承绵延数代,脉络清晰。唐末五代至两宋之交的几次大动乱,使这些士族大家彻底解体,几代同堂的大家族变成了与近代接近的所谓"核心家庭"。

在这一时期的南方文化显然是趣味尚雅的贵族文化,北方文化是胡汉贵族文化的交融。北魏孝文帝改革中,反对鲜卑贵族间小圈子内的通婚,鼓励入主中原的北魏鲜卑军事贵族同洛阳附近的中原汉族贵族通婚,即同崔、卢、李、郑、王五大姓的贵族通婚,打破了胡姓小圈子内的贵族通婚,形成了大的贵族圈子。

隋唐统治者实为关陇贵族,是关中贵族与鲜卑等其他少数民族贵族的结合,实质也秉承着一种贵族传统。这种贵族传统入唐后受到了来自各方面的冲击,变得不那么纯粹了,成了一种较为松散且不断受到破坏的传统,并逐渐走向了解体。至唐末黄巢农民起义,更遭到了一次极大的破坏。起义队伍中有些人对贵族极为仇视,不但抓捕杀害士族显贵,而且要将这些自命"清流"的贵人投入黄河使其变为"浊流"而后快。

这种等级之间的文化仇视不但见于中国历史,在苏联历史上也有。红军起义的队伍攻入克里姆林宫后,有人以睡沙皇床榻取乐,甚至在皇后闺房乱砸一通,随地大小便,肆意发泄对贵族的仇视。仇视贵族的现象在 20 世纪以来的社会革命进程中不断出现于中外历史上,"卑贱者最聪明,高贵者最愚蠢"的口号也是在这样的背景下广泛传播。

平民、下层、底层、普罗大众的文化趣味有其存在的合理性,但提升文化品位却不能止步于此。提升文化品位就是要讲究一些礼节和规矩,而这些又都是属于贵族的。例如吃饭,不仅是为满足口舌之欲,古代贵族用餐讲究钟鸣鼎食,在吃饱之外更看重的是文化和礼仪。希望当今物质上富起来的部分中国人精神上也能高贵起来,甩掉"土豪"这个伧俗的称号,这是社会不断上升的标志。

很多国人认为文学可以无师自通。高玉宝一边学识字一边学写小说,如今众多歌星、老板以至打工仔、中学生等也都开始要实现他们的文学梦,歌曲可以卡拉 OK,文学似乎也可以卡拉 OK。这是一个极大的误解。草根与底层固然可以将文学作为一种精神娱乐,但是作为专业文学的准入证应当是非常严格的。当文学作品的语言俗到不能再俗之时,汉语的诗性潜能和高雅意趣也就随之流失了。

古汉语是一种非常典雅的语言。同样的意思,用文言和大白话表达就很不一样。但是汉语的精华和高雅有被忽视的趋势,这种高雅只有在古老的语言中才能储存,如西方古老的拉丁语、精致的法语、严谨的德语等。一些比较通俗的语言就没有这样的东西。

正因为如此,中国文学作品特别是如唐诗这样的作品就很难翻译。司空曙写给卢纶的诗中有"雨中黄叶树,灯下白头人"的句子,他并没有说久别重逢的激动心情,只是出现了一些自然意象。李白赠友人诗中亦有"浮云游子意,落日故人情"的句子,如果要用典范的英文翻译,"落日"与"故人情"的关系就成了个大难题:落日是故人情,似故人情,还是代表故人情?汉语的含蓄暧昧使诗意耐人咀嚼,也置翻译于死地。伟大的作品是"抗译"的,这正是唐诗文化的独特魅力。

四、从反对形式主义到复归形式主义的走向

著名学者罗宗强先生在其著作《隋唐五代文学思想史》中即持此观点。隋代开国之初是反对形式主义的。隋文帝崇尚质朴,杨广就投其所好,衣着朴素,饮食从简。泗州刺史司马幼之甚至因奏表华艳而被文帝治罪,可见其对华艳文风的厌恶。

唐代文学是以反对形式主义开端的,到了唐末五代,形式主义又弥漫于朝野上下,前后宿命似地形成了一个圆。

唐诗与中国文化精神的理论含义

从共时的、逻辑的层面看,唐诗中蕴含着中国文化精神的丰富内容。

一、唐诗与中国文化原始创新的精神

第一,诗体的独创。唐诗包括古体诗和今体诗,其中今体诗又称格律诗、近体诗,为唐人新创,影响了此后长达千年的中国诗歌。今人写诗仍是按唐诗格律来写的。这种诗体在篇章、句式、对偶、音律等多个方面都有严格限定,同时亦具有音乐声律、语言修辞等多种形式美感。今体诗包括律诗和绝句两大类。就字数而言,可分为五言律诗、七言律诗,五言绝句、七言绝句,此外还有作品极少的所谓"六言律"。诗圣杜甫即是格律诗高手,代表作有《秋兴八首》等。中共老一辈革命家如毛泽东、陈毅、董必武等的五律、七律也写得很好。虽然也有人指出毛泽东《长征》中有同字如"军""水""千""山"等反复出现的现象,但总体看,他的诗词开启了新的风气。同时,今人不论创作诗歌还是评论诗歌都是以唐诗为范本的,可见其影响深远。

第二,诗法的独创。唐诗的独创在技法上表现为对仗中的流水对、扇面对以及拗救、通感等多种手法的灵活运用。

对仗古来有之,但流水对、扇面对却是唐诗新创。流水对是指上下句有前后相承关系,同时又彼此对仗,如杜甫的"即从巴峡穿巫峡,便下襄阳向洛阳"。扇面对,又称隔句对,是指具有对偶关系的上下四个句子,第一句与第三句、第二句与第四句分别相对,形同扇面。拗救,是指上句不符合格律,下句补救。杜甫最善此道,后代的苏轼、黄庭坚及江西诗派都专学这一路。通感是一种比较特殊的修辞方式,为了造成特异的美感,将视、听、味、触等多种感觉互相打通,互相挪用。如白居易的《琵琶行》中描摹琵琶音乐的大量诗句:"嘈嘈切切错杂弹,大珠小珠落玉盘","银瓶乍破水浆迸,铁骑突出刀枪鸣",调动了种种想象,将听觉比喻成各种感官的感受(详见拙著《唐诗美学精读》第三章的相关论述)。

第三,诗境的独创。境界是中国古代诗论的重要范畴,也是对诗歌作品的一个重要的审美规定。行家评诗多用专业术语,称"有境界""有意味"。唐人不仅奠定了境界理论的基本原理,更重要的是他们还创作了许多境界浑融、气象高妙、神韵悠然的杰作,成为后世作家不可企及的范本,可以说境界最能体现唐诗的艺术特征。简而言之,唐诗追求的境界是源于形象而又超越形象的"象外之象""景外之景"。代表性的人物如王维,有《辋川集》二十首,其中《鹿柴》一诗很有代表性:"空山不见人,但闻人语响。返景入深林,复照青苔上。"

众人皆知王维诗中有画,不知其诗中有佛、诗中有禅。他的诗境空灵,颇有禅宗的高远境。近代学者王国维在《人间词话》中强调诗词要有境界,并将境界分为"有我之境"和"无我之境"。"无我之境"即是空灵之境。

王维诗在后代很受尊崇,清初王渔洋及其"神韵派"就标举王维诗中的神韵。宋人严羽在其《沧浪诗话》中曾说,好诗应如"羚羊挂角,无迹可求",如"水中之月,镜中之花",也应是"不着一字,尽得风流"。这是中国传统文化精神在诗中的体现。

第四,诗用的独创。诗在唐朝可谓无所不能。唐代士人如欲进入政府部门,必须经过科举考试,第一场是帖经,考儒家经典的记忆背诵;第二场为杂文,考诗歌、辞赋写作;第三场是策论,考应用文写作,对社会现实问题提出解决方案和建议。因此,诗艺高低与政治升迁、仕途发展有着密切的关系。也有人说唐代因文学的繁盛而抑制了科学的发展。是耶非耶,姑且不论,但唐代文学的发达确实造成了一种泛文学、泛文化的现象。

二、唐诗与中国文化开明开放的精神

中国文化是一种尚文而非尚武的文化。对一个地区的统治讲究人文化成,以文教德化使边远地区感动归顺,而不是武力征伐。《周易》中有"观乎人文以化成天下"之语。《论语》中提出:"远人不服则修文德以来之,既来之,则安之。"这正是孔子的治国理念。

唐诗中不仅可以看到汉族文化,也可以看到丰富多彩的少数民族文化,更能见出汉族文化与少数民族文化的频繁交流。

白居易的诗歌通俗易解,唐宣宗在白居易去世后写诗追记其诗歌流行状况时提到"童子解吟长恨曲,胡儿能唱琵琶篇",

行水看云

说明其诗歌普及流行之广泛,堪称当时的第一畅销作家。白居易的诗歌还广泛流传至周边的日本、朝鲜(时称鸡林国)。当时来华商人在经商的同时,热衷收购白居易的新诗,且能识别出真假来。白居易在日本影响很大,《源氏物语》中引用了多首白居易的诗歌,日本的天皇、贵族也喜欢模仿白居易的作品。

与此同时,外国的风尚习俗也大量流入中国。中唐后流行的曲子词,其中的一个词牌"菩萨蛮",就是自印度、斯里兰卡、缅甸等地传入的。唐代音乐分两部分:一为雅乐,是宫廷的祭祀音乐;一为燕乐,是日常生活庆典等使用的音乐,其中又有"九部乐""七部乐"等。唐乐中大量引用西域、南亚、中亚等地区的音乐,有的是原封不动地保留。正如鲁迅所言,唐人胆子很大,对外来文化敢于采用"拿来主义"态度。这充分说明唐人具有高度的文化自信,文化心理也很健康。当然也有个别废止的,如"泼寒胡戏",即是当时西域的泼水节风俗,盛唐时传入长安,大臣贵族颇多非议,后遭禁止。总体而言,唐代对外来文化的态度非常开明。

唐代与外来文化的交流可以说无处不在。西北大学的贾麦明老师曾发现一方唐代日本来华留学生井真成的墓碑,记述他学于唐、仕于唐、病逝于唐的一生。这一发现在日本引起重视。一个外国人可以在唐政府中做官,于此也可见唐代开放的力度之大。唐时在长安居住的外国人很多,有一些人还通过科举进入唐政府机构任职,如日本的阿倍仲麻吕(汉名晁衡)、韩国的崔致远等。日、韩等国的有志青年很多都来唐参加科举考试,对唐科举的重视程度一如当今国人取得高等级学位一般。唐代科举中曾专为外国人开"宾贡"一科,考中者可留唐任职,也可回国。

三、唐诗与中国文化尚文尚雅的精神

今人尊孔子为儒家开创者,视山东为儒家文化发源地。实质上,儒家思想文化的来源是陕西关中。孔子非常推崇周代的周公以及西周文化,其思想来源多出自周代的礼乐文化。《论语·八佾》曰:"周监于二代,郁郁乎文哉,吾从周。"这标明了孔子尚文的思想渊源。孔子"克己复礼"的"礼"也就是周公所定的文化准则。

《史记·高祖本纪》:"殷以敬,周以文。"殷商信仰自然宗教,属祭祀文化;周代奉行伦理,属礼乐文化。西周的礼乐制度为孔子所模仿和发扬,因此陕西实为礼乐文化的发源地。西周的礼乐文化奠定了中国传统文化尚文尚雅的传统。

唐诗挖掘了汉语的诗性潜能,把汉语的美推到了极致。今日社会使用现代汉语,唐诗用的是古代汉语。古代汉语可分为三个阶段,其中先秦两汉时期为上古汉语阶段,以《诗经》《楚辞》《论语》《孟子》《庄子》为代表,下至《史记》《汉书》均属此类。第二阶段为中古汉语,包括魏晋南北朝隋唐时期,其代表为唐诗宋词,语音以长安音、洛阳音为基本音。迁徙流动造成了文化的南移,也造成了语言文化和语音的南移。中古时操长安音

和洛阳音的人群随着战乱,已经整体地大规模地成系统地南迁,他们的这种口音为南人所模仿。今日的广东、福建等地方言如客家话等,保留了很多中古音。

中古汉语的特点是高度浓缩、高度概括,因此诗歌特别凝练。杜甫《登高》中有"风急天高猿啸哀"句,短短七字中含有三个主谓结构。后句"渚清沙白鸟飞回"亦是如此。有的诗句,只是一系列名词的并列,没有主谓结构,也没有动词,如"渭北春天树,江东日暮云",是杜甫思念李白的诗句,他并未描述如何思念,只是排列出一系列意象,但是诗意已尽在意象当中,将汉语诗的特点推到极致。汉语是最适合写诗的语言之一。其他如印欧语系语法严密,不会允许这类句型。

五四运动中,典雅的文言文连同"孔家店"和贵族社会一起被推翻,"引车卖浆者流"的白话成为社会通行的标准语言。白话文和白话诗成为主流,造成了汉语诗性特征的大量流失和汉语典雅特征的大量流失。

四、唐诗与中国文化崇尚自然的传统

唐诗与中国文化崇尚自然的传统有两层含义。

首先,唐代诗人喜爱大自然。唐代有大量的山水诗、田园诗。唐诗中最好的句子不是直接表达感情的,而是用自然意象写成的。如"无边落木萧萧下,不尽长江滚滚来","行到水穷处,坐看云起时"等,都是以自然意象胜。

其次,唐人在精神上追求自然、返归自然。唐代诗人充满进取精神,如李白、李商隐等都将其人生的理想模式设定为先入仕实现政治抱负,辅佐皇帝建功立业,功成后则归隐田园,回归自然,享受山水安逸之乐。《安定城楼》是李商隐年轻时抒发抱负之作,"永忆江湖归白发,欲回天地入扁舟",即用《吴越春秋》中范蠡的典故。范蠡先是帮助勾践灭吴复国,功成之后携西施归隐五湖,成为富甲天下的陶朱公。这是唐代许多诗人理想的人生模式,李白诗中也表达出类似的想法。从这种理想的人生模式中也可看出诗人内心回归自然的想法。

五、唐诗与中国文化追求雄大刚健的传统

唐诗崇尚大气,崇尚阳刚之美和雄浑壮阔的风格,与宋词以婉约为美截然不同。中国文化传统中就有崇尚博大的精神。许慎《说文解字》解释"美"曰:"羊大为美。"孟子解释为:"充实之谓美,充实而有光辉之谓大。"此充实并非身体魁伟,而是内心充满"浩然之气"。

初唐陈子昂追求"汉魏风骨",杜甫诗以"沉郁顿挫"胜,盛唐诗歌中一直洋溢着进取雄健的精神。传为晚唐司空图所作的《二十四诗品》仍讲"返虚入浑,积健为雄",以博大为美。唐诗虽然深受南方文化影响,但主旋律仍是北方文化的大气雄浑,这与入主朝廷的主要是西北人有关。唐代统治者来源于西北胡汉杂处地区,崇尚雄大的气魄。唐诗有悲怆感,却没有绝望感。陈子昂的小诗《登幽州台歌》:"前不见古人,后不见来者。念天地之悠悠,独怆然而涕下。"其中有悲伤,有孤独,也让

　　　　　　　　　　　　　　　　　行水看云

人感受到人的渺小,给人以悲剧感却并无绝望。悲剧也是阳刚之美,这正是唐诗雄健刚劲精神的充分体现。

六、唐诗与中国文化和而不同的精神

当今社会讲和谐,传统文化中的和谐则是"和而不同"。儒家谓"君子和而不同,小人同而不和"。"同""和"最早都是音乐术语。"同"指单音的重复,"和"则是一组旋律有规律、有特点的变化:出现、展开、再现、高潮、结束。

"和"是由不同声音的配合而构成的。

大唐之音,是和而不同的。唐代并非儒家一家之天下,而是儒、释、道三教并存的。唐武宗时有过短暂的"灭佛"之举,是个例外。这种限制佛教发展的行为也是因当时佛教势力太大,在经济、政治上都造成了统治者极大的困扰而引发的。除此以外,终唐一代,皇帝们对佛教的态度还是非常开明的,佛教得以自由发展,且流派众多。佛教中的密宗,与汉族人的思维习惯和信仰理念等相去可谓远矣,但在当时也有很大影响。除了佛教,唐代道教及中亚地区的一些宗教如摩尼教、祆教等,也都在唐代有很大的市场。

唐代也是各种地域文化并存的时代。作为统治基础的关陇文化以及江南文化、山东文化和少数民族的草原文化都是共生并存的。

不同种族的文化也在唐代并存。唐史研究者很多都关注过"胡将"这一特殊现象。唐政府广泛任用胡人为国家的军事

指挥员,可谓大胆之举。安禄山手握重权,曾为很多大臣所非议,张九龄、杨国忠等都曾向唐玄宗进谏提醒,说他有谋反的可能,但皇帝充耳不闻。另外史思明、哥舒翰等都是玄宗时重兵在握的胡将。有统计说唐代大、小胡将有几百人之多。文臣可用外国人,关涉国家安全的武将也能用外族人,唐代统治者的心胸气魄,令人联想起今日美国的用人制度,不受肤色、种族、宗教影响。

唐代也是不同阶层文化并存的时代。唐代虽是贵族社会,但已经到了贵族社会的后期,不是完整的贵族社会。各阶层人群的利益都在制度中得到体现,也都有自己的影响。唐代诗人来自不同阶层,因此唐诗也是不同阶层、不同等级、不同地区及不同宗教文化背景的人发出的不同声音。

书山速写

千万不要忘记历史的主旋律

　　电视连续剧《特殊使命》被策划人誉为《谍中谍》的红色经典版,以其故事跌宕起伏,人物关系错综复杂,在历史大背景下展示出人物的性格命运,在宏大叙事中突显出时代主题,气势恢宏,主旨明确,观赏性与思想性并重,获得了社会效益与市场效益的双丰收。第一轮播出后,反响强烈,好评如潮,从央视到多个地方台的收视率都节节攀高,据说第二轮的热播即将在全国展开。这不仅创主旋律作品播映的新高,而且也对宫闱剧、武侠剧、韩国家庭伦理剧起到了一个很好的制衡作用,但不是靠行政命令,而是靠市场竞争机制,靠作品自身的卖点。

　　本剧艺术上的几个特色,我在一次研讨会上曾正面指出,并予以高度肯定。其一是人物性格的多重组合。剧中人物都是有血有肉的立体人物,而非概念化的平板人物。如男主角巩渭平(向光),优缺点皆具,不仅仅是正义的化身,没有简单化。特别是反派人物余沁斋,谈吐高雅,书卷气十足,性格内敛,克己奉公,不是脸谱化的反派,涵养极丰富。其二是以情理冲突推进剧情。剧中的情节很多,一环扣一环,但都围绕着大义与私情、组织原则与个人感受展开。对巩向光如此,对余沁斋也是如此,对秦剑及巩向光的前女友也是如此,人物游走于情与理的两极之间,仿佛走钢丝,小心翼翼而又从容不迫,拿捏得比较到位。其三是谍中有谍,戏中有戏。剧中既有国共矛盾,又有国民党内部中统与军统的矛盾,还有共产党内部正确路线与"左倾"盲动思想的矛盾,所以使剧情悬念丛生、波澜不断,既具有很高的观赏性,又在一定程度上显示了历史的复杂性。

简言之,《特殊使命》作为一部电视剧是相当成功的,它不仅实现了红色经典有寓意又好看的目标,而且成为当下谍战剧思想性与市场性成功对接的范例。

本文拟跳出剧情,从另外一个角度提出问题。既然有论者进一步赞美此剧是主旋律作品,那么我们就要以主旋律的标准来衡量。试问八年抗战期间的主旋律是什么? 是中日之间的民族矛盾,还是国共之间的国内矛盾,抑或是国民党内部的中统与军统矛盾? 全民抗战,枪口一致对外,恐怕是毋庸置疑的主旋律。

该剧的大背景虽然贯穿了整个抗战时期,主要反映的是国共在看不见的战线上的矛盾斗争,同时也深入细致地暴露了国民党内部两大情报系统的钩心斗角,这样的视角对讴歌我党可歌可泣的英雄事迹,对认识国民党如何从内部矛盾丛生到不断衰微有深刻启示,但对于我们认识中华儿女如何在抗战期间浴血奋战、共筑长城战胜不可一世的日本帝国主义无任何帮助。剧中刻意将中日矛盾虚化为一个遥远的背景,其中北平参茸行日本间谍案这个情节,本来可以充分展示男一号巩向光虽身在曹营,但时时系念着杀敌报国,既与巩向光的英雄志向相契,又可以使他能在中统内部展示才华,取信于余沁斋等中统高层,由此站稳脚跟,更好地为党工作。却被编剧及导演处理成中统设的另一个圈套,这是一个极其残忍的设计。无论这是历史的真实还是编剧的创意,都对深化主旨、刻画人物无积极意义。

与此相关联,我这里要提出的另一个问题是,按照作品的理解,巩向光对共产主义的信仰是坚定不移、忠贞不渝的,这是毫无疑问的预设主题。但他如果在中统内部十数年,既无破获日本间谍案的累累战果,又无打击中共地下组织的尺寸之功,凭什么能在敌特内部青云直上,最后荣升到调查室副主任之职,受到敌特高层的信任?难道仅仅是靠他俊俏的扮相、靠他与余沁斋的裙带关系吗?抛开与日特、汪伪政权特工斗争这个大的主旋律不写,那么巩向光要体现对中共的忠贞就要打击国民党敌特;而要取信于中统高层,就要确实在打击共产党地下组织方面做过些实事,否则国民党军政首长就都太弱智、太幼稚了。如果我党的地下组织都是与这么一群弱智的阿斗较量,那就等于在漫画甚至矮化我党的这批千古英烈。如果中国共产党的对手是那么容易被欺骗、被对付,那么漫长的十年内战与四年解放战争就不会是艰苦卓绝的,而是潇洒地摇着羽扇,谈笑间樯橹灰飞烟灭了。本剧虽然比被大众嘲弄的那些抗日"神剧"要高明些,但又落入了国共谍战"神剧"的另一窠臼。这一俗套不仅是对中华民族共同抗战这一大历史的歪曲,而且也不利于民族复兴这一新的主旋律的展开。

将主人公陷入这样进退维谷境地的并不是历史本身的事实,而是主创人员缺乏大历史观,他们以为只要给一部作品贴上主旋律的标签就可以使其成为主旋律的大片,殊不知却恰恰丢掉了历史的主旋律。这一导向说明该剧的主创人员及审剧人员不仅忘却了历史上中华儿女共同抗日的主旋律,同时也忘记了当前祖国和平统一的主旋律。

据介绍,本剧的故事原型是中共地下党西情处的革命经历,历史剧应尊重史实是毫无疑问的。但包括电视剧在内的影视作品、文学作品都是艺术创作的产物,故在保留历史细节真实的同时,更要关注重大的艺术真实,即经典作家所谓的典型环境、典型事件与典型人物。换言之,要在主脑处、大节处首先能站得住。从时间上说,这种艺术真实可以使作品在十年、二十年甚至更长时段中经得起考验,流传下去。从空间上说,不仅可以在内地热播,也可以推向港、澳、台及国际市场,真正实现走出来国际化,为我们的影视剧在世界上争得一席之地。

莫泊桑的《羊脂球》为什么是世界名著,为什么穿越了如此久远的时空,仍能令人荡气回肠,为之敛容?建议我们的主创人员不要太短视,更不要太急功近利了。眼光放远大点,主旋律的作品首先要有大历史观。

提升形象的举措

　　《望长安》在央视二套和陕西卫视先后播出,引起各方面的关注,省内外都能听到热情洋溢的评论。我认为《望长安》的成功策划和制作是提升陕西文化形象的一个举措,是彰显陕西文化实力的一次展示。具体有如下几个特点:

　　编导队伍阵容强大,嘉宾学者实力雄厚。编导和嘉宾学者,主要取自陕西本土资源,但又不局限于此,同时从全国各地特别是北京遴选了一批,学者各有所擅,嘉宾堂堂正正。这样的策划既能全面展现陕西文化,又能检阅陕西人文社会科学特别是历史文化考古方面的队伍。

　　主持语和朗诵词诗意盎然,学术论证理足气盛。主要撰稿人不仅有丰富的电视剧编撰经验,而且有很好的文学素养,故主持词和解说词充满了诗意。学者的论证移形换步,角度灵活,大多有理有据,平实中透露出自信,丰富并深化了编写主旨。

　　电视手段丰富多彩,播出效果积极正面。本节目充分运用了现代技术和方法,电视手段丰富,选用的画面大多很漂亮,音乐也很美,辅以大量的历史遗址、出土文物、诗词字画,络绎不绝,美不胜收,给人典雅厚重的感觉,恰如其分地传达出陕西作为礼乐文化的原点、汉唐精神的故地、古代历史的文脉、现代文明的重镇的主题,给人积极向上的强烈印象。

宣传活动由内向外,由被动变主动,由跟进到前瞻。为提升陕西形象,展现陕西厚重的历史文化内涵和改革开放三十年的巨大成就,有关方面已制作播出了不少好的文学影视节目,但前几年的制作较为零散,且侧重在省内宣传,影响受到局限。去年以来,策划有所调整,思考更为缜密,战略更为前瞻,从《舞动陕西》到《望长安》再到《大秦岭》,说明陕西的宣传工作已经变为由对内向对外,变被动为主动,抓住了陕西文化的特色和关键词,系统策划,系列推出。即将播出的《大秦岭》除了关注历史文化外,还敏锐地把握住环境友好、生态文明这样一些前沿问题,对陕西和全国的经济文化建设转向将会有新的启示。所有的这些策划有规模,成序列,各有侧重,互相呼应,形成了组合拳。

当然,白璧微瑕,本节目也有一些不足。我概括了两点不足:题头由余秋雨题字,字太轻巧,压不住陕西厚重的历史文化内涵。余是海派文化人,与陕西历史文化基本不搭界,更谈不上密切关系,不如敦请陕西或中央的老领导、老学者、老书画家题写更妥帖。由余秋雨做领衔嘉宾亦不妥当,主客倒置,轻重失衡。余是文化名人,在历史学领域无著述,在学术界无地位,学术形象不厚重,无法统领李学勤、石兴邦、张岂之、周伟洲、胡戟等知名学者和陈忠实、贾平凹等知名作家。

　　还有一点小遗憾。撰稿者对某些历史文化和专门科学不太熟悉,故介绍时有不准确处,如《秦王破阵乐》并非李龟年所作;章太炎不是清朝人,应改为近代学者、辛亥革命元老。主播因对历史人名、地名、典章制度不熟,读音错误不少。如"怛罗斯",不读"恒罗斯",应读 dá(第二声),"召南"的"召"不读 zhāo,应读 shào(第四声)。类似的问题还有一些,此不赘述。

　　建议今后类似的策划和制作在定稿和开播前恳请一些历史、文化、文学和语言文字的专家审订一下,使播出的节目尽善尽美,更好地展示陕西博大厚重的历史文化形象。

脊梁与维度

《大秦岭》的选题是正确的,拍摄也是成功的。

很多人已从不同角度阐释了这部纪录片的影像意义,挖掘了其中的文化内涵。我从个人的认识角度再强调以下几点。

一、勘察了作为华夏父亲脊梁的秦岭。如果说黄河、长江是母亲河,那么秦岭就是华夏父亲的脊梁(陈忠实语)。有了秦岭,中华文明就能昂首挺胸,巍然屹立。本片给人印象最深的不是解说词的花哨,也不是文献的堆砌,而是田野调查、实地勘察,非常强调现场性、纪实性、亲历性。高清的画面、美丽的景色确实吸引人的目光,但要知道这是剧组一年多时间在秦岭山中艰辛努力的收获。

二、梳理了作为华夏文脉的秦岭。从空间轴上看,秦岭在中国腹地上纵贯东西,分隔南北;从时间轴上看,秦岭又从古老的地质演化时代,历经原始蒙昧的史前时代、周秦汉唐的古典文明,一直延续到今天,还会影响到明天。时间与空间、自然地理与人文地理两条轴线并存,草蛇灰线,时隐时现。节目梳理出华夏文化演进的轨迹,我们可以称之为文脉,也可以径称为中华文化的龙脉。

行水看云

三、突显了秦岭保存多元文化、会通多元文化的博物库的意义。秦岭不光是区分南北文化的地标,而且是保存、会通多元文化的博物库。南北地域文化、儒释道宗教文化及多样性的生态文化,都在这里被历史地、立体地保留下来。古代的栈道,现代的宝成铁路、西汉高速,实现了天堑变通途。过去对秦岭作为分水岭的意义谈得多,但对秦岭作为多元文化储存库的意义谈得少,本节目通过影像进行文化溯源,弥补并丰富了现代人这方面的知识。

四、实测了象征中华文化高度的秦岭。过去谈秦岭,多局限于地理学的维度。这一次拍摄赋予了秦岭全新的多维的意义,文学体现其广度,史学体现其深度,哲学体现其高度。坦率地说,秦岭从自然生态和文化生态两个方面哺育并调节着陕西文化和中华文明,但自然高于人类,秦岭演化史长于人类文明史。"人世几回伤往事,山形依旧枕寒流","人事有代谢,往来成古今。江山留胜迹,我辈复登临"。在大自然面前,我们要有足够的敬畏和谦卑,人类的历史太短暂了,我们的成就太渺小了。如果懂得少犯错误、少交学费,应该是从秦岭中获得的最大智慧。

《大秦岭》的好处,最近大家说了很多,我这里提几个建议。

一、注意既侧重地域,又超越地域。秦岭是中华文化的地标,不仅仅是陕西的地标。过分局限于陕西,就会削足适履,反倒不容易将秦岭说透。除本片的角度外,还应移形换步,从河陇文化、巴蜀文化、湖广文化、三晋文化、三河文化等各个角度来观照秦岭。

二、注意化繁为简，突出主旨。从《舞动陕西》到《望长安》再到《大秦岭》，分别应强调印象陕西、历史陕西、自然陕西，希望下一部《陕北启示录》能突出民俗陕西，这样可以构成一个大系统。本片优点很多，但也有些驳杂，主题还可提炼得更单纯些。各集之间也有许多交叉甚至重复，如第三、第四集与第八集。前面已讲过老子、王维，后面又重复，当删除。

三、注意尊重传播的基本规律，努力将文化精品推出国门，实现国际化。本片嘉宾不仅有外省人，而且有不少外国人，甚好。网友观后也热切建议将本片翻译成多种外语，热情可嘉。但我感觉到编导的思维过于中国化，是否能在国际上打响，还有待市场来回答。如何采用外国人喜闻乐见的形式，采用国际通行的传播方式进行宣传？我们推销文艺作品时常说，越是民族的越是世界的，媒体宣传是否也是这样？《阿凡达》在全球的风靡，能给我们什么启迪？这都需要我们认真研究。

四、注意将保护秦岭而不是开发秦岭作为宣传的关键词。总导演康健宁说保护秦岭是本片的终极意义。这句话讲得极有水平，也用心良苦。过度的旅游开发、经贸开发都会损伤秦岭、破坏秦岭，甚至毁掉秦岭。黄河开发、长江开发、怒江和澜沧江开发的前车之鉴，应该汲取。在倡导低碳经济、生态文明的当下，本片的拍摄和播出，如能对呵护中华父亲的脊梁产生正面的积极的意义,则幸甚至哉!

另指出一个小问题。节目的片头片尾集唐人诗句为主题曲,词曲都很好,但有一个硬伤。所引李白《登太白峰》"愿乘泠风去,直出浮云间",泠(líng)风:轻妙的风。典出《庄子·逍遥游》:"夫列子御风而行,泠然善也。"郭象注:"泠然,轻妙之貌。"又《庄子·齐物论》:"泠风则小和。"本片字幕上出现的字错成"冷"字,读音跟着错了。每集开头播主题曲,结尾再现主题曲。八集中主题曲出现了十六次,错误也重复了十六遍。

喜忧交织的红色心情

　　听到阿莹《俄罗斯日记》获契诃夫文学大奖,为他感到高兴,向他表示祝贺。关于该书的特色,李若冰、周明、陈忠实、贾平凹、肖云儒、李国平诸位都发表过精彩的评论,轮到我说话时,发现诸公已将我心头舌尖欲言之语都表达出来了,几乎是题无剩义了。时下每开座谈会,聪明人总是抢先发言,因为开始讲可以从容不迫,每个意思先说就是首创,后说就是重复雷同。犹如运动会上,前辈为每个项目立下了标杆,后辈只有超越高度,才算打破纪录,才有意义,否则只有参与健身的效果,而绝无体育竞技的意义。

　　当我静心将该书反复细读后,萌生了另外的一些想法,这些心得或许前列诸位高明没有言及,至少是没有充分论说的。

　　我认为该书除了洗练畅达的文字、精致巧妙的构思、图文并茂的设计外,还在于作者举重若轻,寓繁于简,将丰富复杂的感受通过旅行日记的方式传达出来,故它不是仅仅描摹旅途的湖光山色,也不是泛泛地发思古之幽情。当年欧洲上空的共产主义"幽灵",首先是在俄罗斯大地上游荡,然后才飘到中国的。苏联、俄罗斯的历史与我们的现实纠葛太多,剪不断理还乱。对中国内地五六十年代出生的人来说,这种感受是爱恨参半、喜忧交织、欲说还休的。与沈志华煌煌巨著《苏联历史档案选编》通过解密文献看历史不同,与蓝英年《寻墓者说》对苏联文艺界思辨性的剖析不同,与王康《俄罗斯启示》对苏联政治变迁的解读不同,也与金雁《倒转"红轮"》的学理分析不同,阿莹的《俄罗斯日记》更具象、更感性、更当下。他把一种复杂的感受通过旅行日记的形式传达出来,既区别于单纯的游记,又不同于复杂的学理性文章和厚重的历史叙述。

所谓的爱与喜,是因为阿莹本人出生在由苏联人援建的兵工厂中,他和"六亿神州尽舜尧"的全国人民一样,对苏联老大哥有一种天然的感情。中国革命早先是从苏维埃输入的,革命的理念、方法、程序、仪式也多是学苏联的。战争时期如此,和平建设时期也是如此。优点学到了,缺点弊端也往往照搬进来了。直到今天,网民们说起苏联与俄罗斯仍一往情深。这可能与特定时期的政治信仰相同有关,毕竟曾经是同志加兄弟,打断骨头连着筋嘛。所以阿莹漫步红场,走过克里姆林宫,走近圣彼得堡,登上阿芙乐尔巡洋舰,就有一种近乎宗教般的朝圣心情。因为在内地人心目中这些地名长期伴随着雄壮的歌曲、激越的诗篇演唱,听到或看到这些神圣的字眼,人们会条件反射般血脉喷张,热烈亢奋起来。有幸对这些革命教科书中所记载的圣迹亲自访问、亲历亲验,现场感受自然与众不同。

众所周知,俄罗斯近二十年发生了天翻地覆的变化。当然中国近三十年也发生了许多变化,所以这一对欢喜冤家的关系迢迢不断如春水,渐行渐远。所有的爱恨情仇,经过岁月之河的冲洗,越来越淡了,但仔细辨认,那些痕迹还都在,并没有消失。

作者写自己刚踏上俄罗斯的土地,在海关的所见所闻,所思所想。想象中的苏联是一块圣地,现实中的莫斯科机场海关却阴暗灰冷,柜台陈旧零乱,验关人员毫无表情。作者在访问结束时再次写到验关人员的公开索贿,一进一出,首尾呼应,虽然是闲闲一笔,朝圣者的失落、失望之情溢于言表。这也给这次红色旅游镶嵌上了一个清醒理性的框架。发展中的中国虽然仍面临许多亟待解决的问题,但在这些公开的方面、大节的方面、"窗口"的方面已超越了俄罗斯。作品还提到许多令人不愉快的事件,如市场经济的腐味放肆地弥漫在阿芙乐尔巡洋舰上,涅瓦河上的霸道与血腥,直升机被车臣武装击落,军队的政委被神父取代,等等。

有趣的是,每看到、听到或谈到俄罗斯的艺术品时,作者总是肃然起敬,崇拜仰慕之情油然而生。而触目所见俄罗斯的现状,则忧心忡忡,不满之情也毫不掩饰。这俯仰之间所包含的爱恨之情,其实可能还有另一层微意。中国的改革开放与俄罗斯走向了不同的道路,作为仍葆红色心情的作者,看到俄罗斯的现状,有一种很复杂的心情。面对俄罗斯的历史,特别是它精美的艺术,作者则心存敬畏,像孩子般发出惊讶赞叹,又像教徒般虔诚地礼拜。

一城文化，半城神仙

　　早就听说薛保勤能诗，也知道他出版了诗集《青春的备忘》，他写"爱心天使"熊宁的朗诵诗曾传唱一时，但我却一直不能把诗歌创作与他从事理论宣传和新闻采编的专业背景联系起来。在我印象中，他的面孔永远像是党报的头版——严肃有余，活泼有限。他私下里冲着朋友的笑也只是憨厚的笑，温暖的笑，书卷气的笑，偶尔也能见到孩子般的笑，就是没有看到过诗人的那种张狂恣肆，那种激越浪漫。

　　我的这种偏见最近被颠覆了。

　　那是 2009 年入冬以来西安的第一场大雪，我应邀在北郊参加一家出版社的选题论证会。雪来得早，来得猛，一夜之间漫天皆白，满树银花，鼻翼感受到清爽的凉气，满目都是亮光光的晶莹洁白，这些景象不仅没有让人平静下来，反而让人产生莫名的刺激和冲动。对我而言，这倒不完全是被大自然的景致所陶醉，像少男少女一样发出夸张的呼喊，委实是因头天晚上聚会的亢奋尚未消退。

　　下雪前的晚上，专家组的老师大多已赶到，天气又阴又冷，晚饭吃得寡淡，主办方为了驱寒保温，给每人倒了西凤酒。喝酒前大家都很斯文,三杯过后,有人就按捺不住,主动跳出来了。文物局的徐进自告奋勇说要给大家朗诵一首诗,他先背诵了他写的《一匹曾存在过的老马》,又一边解说,一边推出自己的代表作《大河汉子》《河流站起来的样子》。我虽然在学校里教唐诗,但和写新诗的朋友交往甚少,故徐进的诗听得我口辣眼热,心旌摇动,又有刚猛的西凤相佐,确实有一种冲击力。

接着有人怂恿保勤,说他不能深藏不露。他拿捏了半天,推说诗存录在手机中,而手机又放在房间中。有人想让他就范,就说愿为他效劳取手机。他经不住轮番劝说,便开始朗诵,第一首便是《送你一个长安》,接着是《京都夜咏——致青年》,前一首激越,后一首深情。接下来又奉献了他的保留节目:手机诗。徐进不甘示弱,又朗读了他的一首新作。中间还穿插了赵馥洁、李云峰两位老先生的朗诵。整个晚上此起彼伏,把活动一次又一次地推向高潮,很晚我们才回到住处。

这次诗会既非事先策划,又没有半点刻意安排,纯属即兴表现,现场发挥,但比策划安排的还要真挚感人。时下大陆饮食文化每况愈下,讲黄段子似乎成了通行南北、不可或缺的一道菜,那天晚上并没有一个人讲段子。大家被诗人们激越的感情、纯美的诗境所打动,高雅而不枯燥,自然而不做作。

参加者中的赵馥洁、黄留珠、李云峰诸先生,是西安文史界的耆旧;方光华、李颖科等也都是见过大世面的。我观察他们也听得如痴如醉,不停叫好。

两位诗人都很谦逊，但他们严肃的创作、卖力的朗诵俨然是一种实力比拼。赵先生嘱我点评，我觉得两人各有千秋，便说徐诗近太白，奴仆风云，恣意挥洒；薛诗近子美，其情沉郁，其声顿挫。有趣的是，徐进史学出身，诗却天马行空，没有史家的拘束。保勤是文学背景，但字句允当妥帖，多有来历出处。

不过，从私心讲，我因学古典出身，比较偏爱保勤的作品，特别是他最近的新系列。保勤的诗作植根于古典，又能广采郭小川、贺敬之、李季、闻捷诸家之长。20世纪50年代那批新诗人对于保勤的影响可能是深入骨髓的，从他的作品看到的不仅是文字意象的化用，更多的是精神上的契合。翻看近年来的当代文学史新著、当代诗歌选本，对这批新诗人提及较少，甚至完全删除。令人欣慰的是，保勤可以说是他们的精神传人。当然，保勤比他们走得远，因他还同时取资于戴望舒、卞之琳、何其芳和余光中等。

送你一个长安，一城文化，半城神仙。长箭揽月，神鹰猎犬。借今古雄风直上九天。

心中有月色，就有纯真。心中有阳光，就有灿烂。心中有山泉，就有流长源远。心中有秋风，就有万山红遍。

自然挥洒，如行云流水，汩汩而来，一串典雅精美的句子仿佛不是从笔下、从键盘下跳出，而是从心中吐出来的。拿写字画画作比方，飞笔留白大写意，洋洋洒洒，仿佛在纸上跳舞，但有修为的艺术家都是将浑身的气运于双手，传输笔端，故每一笔的力气都吃到纸中，都掷地有声。

现在的新诗多没有诗眼，或者说没有警句，犹如一部影视作品，缺乏感人的细节、动作，虽被轮番的声音或画面狂轰滥炸，平静下来什么也没有记住，什么也没有留在心中。而徐进"河流站起来"的意象，保勤"送你一个长安""一城文化，半城神仙"等的概括，却能在读者记忆中扎下根来，历久弥新。

更重要的，我认为保勤的可贵之处还不是诗意的锤炼，而是对一个古老城市文化精神的浓缩与概括。我们生活的这座城市既古老又年轻，我们用什么来为她"颜额"，为她题写关键词呢？当地有关部门也曾多次做过努力，但让人拍案叫绝的，或照当下网络语言的说法，最给力的、最吸引人眼球的表达很少出现，而保勤的这个表述却抓住了长安文化的"魂魄"。

最近经常见报纸上、户外广告牌上引用这两句形象的表达，保勤诗作很多，他自己的得意之笔也许并不在此，但"最传秀句寰区满"的要推这首较短的作品。保勤为了维护自己的原创权，完全可以找引用而不标注更不缴纳使用费的商家打官司，但为了弘传陕西文化、长安精神，建议保勤还是忍痛割爱，放弃索赔，让大家引用吧。居里夫人将镭的发明都能无偿献出,希望保勤也能无私献出他的得意之句,就权当为宣传三秦文化增加点击率吧。

诗是诗人心田上长出的庄稼,割了这一料,还能长出下一茬。勤勉的关中农人是不会让肥沃的土地荒芜的,我们也期待着保勤下一季节的丰收。

终南一滴，乾坤几许清气？

　　岁末年初的古城多雾霾天气，让人的心境也很阴沉。泡陈年普洱，读《金石记》，心情慢慢舒畅起来。玉琛曾几次邀大家喝酒，每次都喝西宁产的青稞酒，我并不习惯那高寒地区的植物精华，觉得太猛太烈。此回从《金石记》里，我却品出了一种特别的感觉：入口微涩，回味绵长，润心润肺，畅神通玄。我知道，这一回玉琛来真格儿的，亮出了马府祖传的宝物来待客。

　　坦率地说，我并不十分认同文学是神圣的这样的大话题，这样的表述犹如说世道浇漓、人心不古一样，也是一种偏执，只不过一是肯定式，一是否定式。全称的表述总是过于空廓，让我们无法验证其真伪。但如说弄文学的人之中还有神圣的、庄严的、守护的、有心有肺的，我承认。弄文学的人恪守行规、有行业道德的也大有人在，马玉琛便是其中的一位。

　　玉琛的新著有何特色，圈内人会见仁见智，从各个方面阐释剖析。以我的浅见，四水堂斗茶时的小诗揭橥了该书的主旨："终南一滴水，万古流到今。壶小乾坤大，楼中日月长。"这两节四句有物理、有玄机、有禅意、有茶趣、有诗境、有乐道。

　　"终南一滴水，万古流到今"，应是《金石记》主要启发我们的,中国传统文化本样自存、本根俱足。当下文学圈里玩文化的在在不少,但能像玉琛这样沉着、老到、大气的却不多。玉琛展示给大家的不是西洋风景,而是本地风光,自家宝藏,是民族的,更是古城西安的。这样就使他的《金石记》与《白鹿原》《高兴》《青木川》等区别开来,也与《废都》拉开了距离,为陕西长篇小说提供了一个古色古香的独特品种。

我要引申发挥的是潜藏在小说中的另一层寓意,也是我题目中的后半句:乾坤几许清气?当下文学中写恐怖、写惊悚、写悬疑、写身体、写腐败、写黑暗、写绝望的太多了,让人觉得生活很累,看小说更累。生活已够肮脏了,小说的内容更肮脏,于是我们就没有活下去的勇气和理由了。令人欣喜的是,玉琛嘴上从不挂神圣的字眼,而小说中却写出了神圣感。所以我说他的小说有清气。何谓清气? 就是天人交合之气、古今贯通之气、人性自明之气。体现在小说中就是男性的正大之气,女性的清白之气,情节发展的爽直之气,小说主旨的显豁之气。

小说中的人物特别是男性,虽主要是古董行里的、倒腾文物的,但作者并没有将这些人物漫画化、脸谱化,而是为他们立传写心。其中理想人物是杜大爷,唐二爷、金三爷、郑四爷等在大节处也是可圈可点的。至于主人公齐明刀虽然有很多毛病,但他不仅知进知退,而且知止知耻,当冯空首带他去嫖俄罗斯女人,他拒绝了;当公安拷问小克鼎的下落,他坚守了。

小说中的女性人物如楚灵璧、陶问珠、董五娘,甚至包括夜来香也都是有血有肉有灵魂的人物,不光外表美,精神世界更美。陕西作家在骨子里都是女性崇拜者,他们多用唯美的理想的笔墨写女性人物。马玉琛更走极端,他甚至有很深的宝玉情结,在他的作品中,女子都是水做的,男子都是泥捏的。所以他的两部小说中的女性都被唯美化、理想化。

至于小说的情节发展,我认为是以意运事、以气聚人,虽然枝叶很多,但主干突出,情节并不复杂,所以有股爽直之气。

小说的主旨是写传统文化的现代命运,写民间的护宝,写草根的诚信,能联系到八荣八耻,也能联系到国际政治,但都很自然,不是生拉硬扯,而是从故事情节中自然流露出来,水到渠成。

小说的语言与叙述技巧也值得一提。不浮华佻巧,而是从容不迫,虚实相间,张合有度。小说中间有许多至理名言,有教化作用。

但是,小说也有瑕疵。

首先,虚化的东西稍嫌多,玉琛不乏灵气,但小说中有些滥用,有些地方不需要化实为虚,有些地方虚实的比例分寸拿捏得不到位,过犹不及。其次,玉琛无疑是陕西学者型作家,他的文史知识特别是在文物、动物、植物等博物方面的知识非常广博,储备多,修养好,故能运用自如,但个别地方略嫌卖弄。第三,有些历史知识不十分准确,如小说开始和中间多次提到的唐初修长安城的说法不对。还有说唐代的西市有胡姬、西班牙女郎、白俄罗斯女郎,也是缺乏世界史和中国史知识的。个别联语、韵语也可以进一步推敲。

　　总的来看,我认为这部小说不光是写得干净,全无脏气,而且有清气,有正气,有向上之气,为陕西长篇小说的创作填补了一个空白。马玉琛凭他的《金石记》可以毫无争议地在陕西文学界找到自己的地位,在全国小说创作圈也有他不可小觑的竞争力。

《晚春》阅读笔记

　　《晚春》是一部大书,这个"大"字,不是指体量的巨大,而是指内容的宏大。这部作品不仅值得陕西文学研究者认真阅读,也值得从事陕西历史文化研究的人阅读,更值得陕西特别是西安的市民、职工和干部认真研读,熟悉乡邦文献、培养桑梓之情,是爱国主义的基石。一个人连生于斯长于斯的故乡、城市都不爱,就谈不上真正的爱国。我曾写过一篇短文《胃里的爱国主义》,就是想抉发这层微义。

　　在此之前,我认真研读了樟叶先生的新著,也拜读了莫言先生的序、秋实先生的跋和王军先生的推荐文章,这些都是很好的评论,对原著的意蕴都有很好的阐发,精彩纷呈,难分伯仲。可以想象,各位的高论也是胜意迭出的。我只强调一点,西安历史悠久,成就辉煌,但是否有用古代文明的成就遮蔽现代成就的倾向,或者说是否有灯下黑、有认识盲区的问题?秋实先生的跋中已提及这点,但文学创作和研究者是否都意识到这个问题了呢?

　　首先,陕西和西安固然有辉煌的古代,特别是周秦汉唐时期,但也有波澜壮阔的现代。樟叶先生《五福》中的辛亥革命第二枪，《晚春》中的二虎守长安，他还在酝酿写作中的关于"西安事变"的题材，都是对现代历史产生深远影响的大关节，是有关西安的重大题材。这些事件对全局包括西安的意义，迄今仍未被全面认识，特别是从西安人的视角进行反映和表现，仍然太少。

其次，对陕西近现代的文化名人于右任、吴宓、张季鸾、张奚若、郑伯奇等的成就，在史学的资料搜集和文学的艺术表现方面也做得不够。引申王军先生的话，伟大的城市要有伟大的精神，但伟大的精神要通过伟大的人物（事物）才能彰显出来。

第三，我觉得说周秦汉唐时期西安的辉煌，相当于说全国的辉煌，是门面上的，是大话。而说近现代西安的辉煌则是地方的，是点上的，是独特的，是具体而微的。所以要抓住这种独特性，强化并形象化我们这座伟大城市的独特魅力。

正是从上述意义上说，包括《晚春》在内的樟叶系列创作具有一种极大的开拓意义和示范意义，作者有意为之，执着地书写这座城市曾经发生的那些事，记录出现过的那些可歌可泣的人，挖掘这其中的经验教训。宋人黄伯思说屈原的创作是发楚声，书楚语，记楚地，名楚物，其实樟叶先生酌用西安方言，搜集西安旧事，表彰西安人物，凸显西安意义，与屈原词赋有着同样的苦心孤诣。

祝樟叶先生能以他的凌云健笔、老成文章完成有关西安现代叙事的第三部曲。另提一个建议，建议将革命公园作为西安

行水看云

爱国主义教育基地,提醒后人莫忘革命历史,莫忘城市历史,这些都是我们的文化之根。

(2009 年 11 月 25 日于东京半藏门)

困境与迷茫

安黎的作品过去读得不多,此次突击读了《时间的面孔》和《我是麻子村村民》,均可圈可点,其中印象最深的是《时间的面孔》。小说的语言很质朴,情节也很吸引人,可读性很强。阅读的最初感受是震撼,继之苦涩,继之迷茫。

作品的结尾是迷茫,作者在后记中也提到自己的迷茫,我读了也是一种迷茫。我们不是全能的上帝,我们不知道自己未来的命运,更不知道中国农村未来的确切走向。我认为作者是诚实的,作品是真实的。这让我想起了与田立本类似、从美国回来的华人科学家李政道最近在中山大学演讲后答听众问时说了三个"不知道"。中国知识界有太多知道分子了,所以这三个"不知道"就显得难能可贵。同样,中国文艺界有太多唱赞歌、太多坚定不移、太多金光大道、太多人生导师了,所以安黎的迷茫就显得非常的真诚和真实了。小说表现还乡或原乡之"乡"其实并不仅仅是农村,该书也不能简单地理解为农村题材。我更愿将"乡"理解为人类精神的栖息地,如是还乡也就有了哲学和文化学的象征与影射了。这种还乡的迷茫主要可从如下几个层面解读。

首先,黑豆亲历的怪现状。小说主人公究竟是田立本还是田大庆(黑豆)并不重要。但小说的结构显然是传统流浪汉小说结构的变形,贯穿始终的是黑豆而不是田立本,后记中概括的"世象迷乱,噪音猖獗",也主要是黑豆的耳闻目睹。

作品的叙述重点主要集中在从麻子村、高台乡、开阳县到越北市的方方面面。黑豆的记者身份增加了这个视角的装饰性和真实性。

其次,大变局中的大悲剧。我避开了"改革""变革""新时期"等语词,而选择了"大变局"是有出处的。小说题目叫《时间的面孔》,作者聚焦的时间很具体,不是长时段而是短距离。其实,中国现代化的迷思与困境从19世纪末就开始了,所以我援用了陈寅恪"千年未有之大变局"一词。印象中小说上部侧重写社会文化改革,下部侧重写经济改革。但这些改革均以失败告终,说明美国经验不服中国的水土。我们看当下人们议论的国进民退、谷歌撤出中国,再来看安黎写到的种种现象,就会发现现实与小说中所写的现象,其实都暗含着许多微言大义。

19世纪末中国传统的宗法社会崩溃后,宪政社会、公民社会如何建立,一百年来并未解决。断裂后的传统如何接续,仍然是一个大问题。回到过去绝不可能,走向未来仍道路遥远。目前开出的各种药方,都没有持续的药力以支持到理想社会的出现。

小说中的人物绝大多数是悲剧命运,但这种悲剧不能简单地归结为正义战胜邪恶,或邪恶战胜正义,而是更复杂也更基本的一种因果关系。例如,偶然、意外、突发性也在其中发挥了作用。这就增加了作品的荒诞性和现代感。

再次,彼岸世界的微弱音。小说中的教堂如草蛇灰线,时隐时现,有意无意。几个主要人物的活动舞台都与教堂有关。田大庆失去自己的住宅后干脆住到了教堂,这样的叙述有何意义呢?

小说没有写人物从传统宗教中获得启示和超越,甚至对传统的本土的宗教也没有提及,与其说是作者的刻意安排,毋宁说是现实选择。但这种外来宗教能消弭痛苦,拯救一切吗?对教堂、牧师的描写很飘忽、很模糊,所以我们不能得出上帝拯救的结论。也正因为如此,我们感觉到作者没有开出药方,没有指明路径。所以小说中的人物仍然在困顿与迷茫中,行无出路。当然,当下无处不在的廉价药方、忽悠人的路径,比无药治、无路走更危险。从这个意义上说,迷茫、无路、无药也具有警世钟的价值。

　　　　　　　　　　　　　　　　　　　　行水看云

腿功

　　江湖上讲南拳北腿,爱民是西安的土著,故从地域上划分,可以看出,他是练过腿功的。只不过他的招数不是金鸡独立之类,而是双腿并用的"马步",他个头不是特别高大,底盘稳健,一旦发力,站如松,行如风,行家可以看出,那一招一式都是有来历有讲究的。爱民在圈内极低调,会上不哼不哈,不主动招惹谁,你看不出他的套路。我读了他的《非此非彼》《眼睛的沉默》以及他在散文期刊报纸上的作品,才看出了他的一些门道。

　　从作品中看出,爱民两腿踩两块田地,也从两个方面接了地气。一条腿是学者视角,另一条腿是平民态度。

　　就第一方面而言,我们看他的《寻找瓦尔登湖》《关于福柯的随笔》《语言的吊诡》《个人写作》《电影人物》等,可以列入这一类。爱民读书兴趣极广,而且读得很细、很深入、很专业,有感受有见地但没有被所读书牵着鼻子走,故有前瞻性、批判性和超越性。

　　就第二个方面而言,如《仁义村》《藻露堂》《戏痴》《年味》《书院门》等,以回忆为主,以个人的视角讲述普通老百姓的生活。爱民虽然是西安城里人,但他不是军区或省府大院中的红色贵族,故于当时的大传统小传统都有闻见,特别是城市底层的生活体验,使他对二十世纪六七十年代的况味,显得与众不同。

尤为值得称道的是,他的系列城记散文,欲采集城市的文明碎片,保存城市的文化记忆,如《老陕》《长安梦》《半坡遗梦》《1975年的琴声》等,可以看出他是将两腿并拢,将两股力量汇成一体,故那种感觉是一种复合的东西,既覆盖了学者的高度,也构成了平民布衣的散淡,还有一种浓浓的后现代意味。我认识的老西安的朋友不少,也有满肚子的老城掌故,但能像爱民一样,以守护和传承老城文脉为己任的,却为数不多,爱民无疑是其中最痴情的一位,他和赵振川联袂,一文一画,给我们留下老城的许多精彩细节,知识之外,还溢出许多趣味。

也许我这样讲会有人出来提出质疑:爱民是诗人出身,他的作品中有浓浓的诗情,你是没看出还是没办法概括?我承认爱民的作品有诗情,但诗性不是另外一条腿,诗性贯穿在他的两腿间,并沿着周身的经络上上下下,状如"丹田气",这是作家生命的元气,也是自然的淋漓之气。

行者的城记

　　潇然人长得排场,壮健挺拔,气宇轩昂。他的文亦如人,似乎是经渭河浇灌,又有书卷垫底,茁壮而厚实,特别是经千年古城的熏习,有了一种浩乎沛然之气,汩汩而来,空灵而不失方正,笃实又别具韵味。

　　拿到《望未央》,爱装帧的淡雅,爱设计的厚重,更爱文字的这种韵味。把这种阅读感受梳理一下,似乎包含这样几层意思。

　　一是恢复城市记忆。我们生活的这座城市,不仅仅矗立着那些用钢筋混凝土堆砌成的、霸气而无节制地刺向高空的所谓地标的建筑物,而且还有延伸到地层中的像古树年轮的那一圈圈的刻度,学理性的专业术语叫历史。当我们欢呼城市的日新月异、巨大变迁时,也暗示着这座城市已面目全非了,仅从地面我们已无法把这座城市和其他城市区别开来了。感谢潇然又把我们带回秦汉的土地、唐朝的天空,帮助我们这些失忆的现代人回忆阿房宫、未央宫、长乐宫、大明宫的往事,他一边走一边指点草堂的身影,还让我们倾听终南山的潮汐。

　　二是醉心文化考古。集中所收作品,按潇然自己说,也按穆涛的评价,似乎不是一种严格意义上对遗迹的考古或田野发掘。但通过不断探求，用他自己的话说，将遗址留有的历史文化、城墙簇拥的皇权文化、黄土培植的民俗文化、诗词吟诵的艺术文化逐一挖掘出来、梳理出来，也是在进行一种大遗址保护，一点也不比拿洛阳铲的职业工作者们轻松。

三是出入历史之间。潇然读城，正如他自己说是一种兴趣，开始于业余，但慢慢地进入了某些专业者也未必有的状态——痴迷，故说起城来头头是道，每件事都能不慌不忙地讲出个子丑寅卯来。文字多有出处，如书名《望未央》，不仅贴切，还暗含着唐诗的典故，于是从王潇然的《望未央》，到唐人刘沧的《望未央宫》，再到汉代未央宫，就形成了美国学者斯蒂芬·欧文所说的"追忆的链条"。文章中更多的是对一些人名地名出处、名物制度具体别致的解说，如三桥，读了潇然的文章，我才豁然开朗。他既能对历史作深入考究，又能跳脱出来进行文学的言说，故超越了史学表述的板滞和拘泥。

潇然给自己博客取名"守望长安"，实在是有寓意的。守者行动的坚持，望者想象的驰骋。坚守当下是他的本分，驰骋古今则是心灵的自由。老杜说"怅望千秋一洒泪，萧条异代不同时"，不知潇然在望未央时是否有同感。但他能立足现在，回首历史，畅想未来，这不仅是为政者的守则，也是我们文学人应有的态度。

潇然年富力强，他关于未央、长安的文化考古工作正在展开，已有的发现仅仅是冰山之一角，深入而具震撼力的诠释还在继续，我们期待着。

行水看云

管理学的人文情怀

　　第一次在台北宜兰佛光大学见到龚鹏程先生,感受到了他的文人性情。依山傍水的校园中亭堂楼馆错落有致,到处是他用隽秀的字体题写的匾额,学校赠送给访客的小礼品也是他手书的藏书票及书签,同行的阎教授很喜欢他的字,说十足的唐寅韵味。龚先生讲话很随和,语调缓慢,声音不高,从未见过他慷慨激昂,声嘶力竭。在学术会议讲评时则又见他极方正,发言不绕弯子,不轻易赞许别人。宴会饮酒时,他拿出自己珍藏多年的金门高粱酒招待大家,对饮时不光台北的许多学人不是他的对手,就连内地来访者也不敢与他争锋,于是他带来的好酒他自己喝得最多。

　　后来经朋友介绍并从各种索引得知,龚先生著述极富,举凡文学、史学、哲学各领域都有建树,尤以对古代文史及文化的精深研究知名。龚先生年轻时勤奋苦读,抗志希古,出道早,成名也早。治学主会通之道,不囿于文史哲的畛域,故能出入四部,游戏六艺,博涉九流,兼综三教,读了他的几种著述,感到朋友所言不虚。龚先生确实有通儒大家的气象,而无法用某科某段的专业来限制他。

　　最近看到他的《人文与管理》一书,更让我吃惊。没想到他在管理学领域也有如此纵深的研究，提出如此精辟的见解。他虽然不是刻意与时下管理学著述较短长，但从选题设计到章节安排到具体论述实在是对当下管理学研究流弊的一种针砭，激浊扬清，不仅指示出学问的法门，而且开启出获得智慧的向上一路。其实仔细想一下，龚先生虽是颇有成就的学者，但他与书斋型学者还是不同的。他在多所高校做过多年的学术与教育管理工作，曾是两所大学的创办校长，还曾在台湾文教机关任过职，为两岸文教交流做过大量具体工作。应该说龚先生有丰富的人生阅历和管理经验。而中国古代人文经典中有关管理的理论与资料又极丰富，目前鲜有人系统总结，深入挖掘。如《老子》的"无为而治"与现代管理学中的"水式管理"，《论语》中"为政以德"与现代社会中的人性化管理，《三国演义》《水浒传》中蕴藏的商业管理与军事谋略，佛教直指人心的弘传与现代企业传播中的困境等等。龚先生有学者的理性、管理者的实践，精通古代百家典籍，又熟稔现代西方管理理论，故能打通中西，折衷古今，立论充满圆通之识，行文时见睿智之思。就学科而言，管理学来自西方，国人治斯学稗贩西海，随人俯仰者不知几多，能登高而呼，树起旗帜，创自家体系者实在太少了。龚先生的著述让我看到了希望。

古人有"大人虎变"之说，我对龚先生的著述仅仅略窥一斑，他春秋鼎盛却文章老成，本色之外，变态多端，不知下一步还会给我们兜出什么新的惊喜，创变出什么新的境界来。

打通的实践

年前的一次聚会上,子秦先生说他有一部新著即将面世,让我到时看看,我以为他随意说,也就顺口应承了。年后的早春三月,陕西诗词学会换届会议在西大萃园召开,子秦先生将一叠厚厚的文稿交我,我才意识到问题的严重性。我原以为子秦先生不过是席面上的客气话,孰料他是认真的。

我深知自己没有评议子秦先生大著的资格,更不配题序作跋。本想以长幼失序、资历太浅为借口婉拒,但子秦的那份认真让我说不出口,尤为重要的,他说这是校友向母校的一份汇报,更让我为之动容。子秦于我是老学长,我们曾有感于当时西大作家班的轰动,并联想到"西大作家群"现象,于是与许多同道共同策划了"大学教育与西大作家群现象学术研讨会",作为首倡者之一,我曾呼吁作家班的老学友们常回母校看看,能关心母校的发展,并能把自己取得的成果汇报给母校,以便示人轨辙,激励后学。子秦笃实,还记得这份责任,我如推托,不仅矫情,而且也冷了大家对母校的热诚。于是脑子一热,就欣然接受了。

与子秦先生认识应该追溯到 2002 年西大百年校庆时,他是庆典活动的策划者,人很谦逊,但许多想法很有创意。后来发现,陕西凡有重大文化活动的策划,总能看到他忙碌的身影。他说自己是诗人出身,但我当时多在文化活动的报道中见到他的名字。后来听说诗人渭水也经常参与各类策划,我始知自己观念落后。经济大潮中,文化生态环境早已沧桑巨变,诗人群体已沦为濒危部落,物竞天择,他们也要生存,为地方社会文化的繁荣发展做点工作也是应该的。我也隐隐感受到这批昔日的文化骑士投身于这些红火热闹中,实际上也含有许多无奈。

知道子雍、子秦的名字更早。记得"文革"后期,老父亲提及陕北绥德二康医院的一位商姓大夫,并说商大夫有两兄弟是省城的大文化人。后来我负笈西安读书,返乡后父亲还不时问他学文学的儿子是否认识商氏兄弟,他对我的孤陋寡闻很不满,建议我结识一下这两位大人物。

真所谓生命大舞台,世界小剧场。我后来还真的在很多场合与商氏兄弟不期而遇。两兄弟有很多相似处,但仔细观察,又发现有很多有趣的差异:子雍老成持重,子秦活泼热情;子雍迹近儒者,子秦貌似道人;子雍的文有哲思,子秦的文有诗魂;子雍的笔像手术刀,经常要割出社会生活中一些病变的东西,子秦的笔则像园丁剪,删繁就简,让我们在平庸丑陋中看到一些纯美的东西,增添了活下去的勇气。陕西文坛如改变一下竞技规则,不是单打独斗,而是以家族来打团体赛,那么优胜者肯定是商氏兄弟而不会是别人。

　　　　　　　　　　　　　　　　　　行水看云

该集所收作品分五部分,各有侧重。我比较偏爱他回忆早年生活,特别是下乡知青、老三届、学兵连的往事。对秦岭山中最后女知青吴香春的回访,对"文革"中知青传唱的"黄歌"的记录,都让人欷歔再三。所谓缺什么想什么,我自己"文革"中还年幼,虽然也耳闻目睹了许多轰轰烈烈,但躲过了上山下乡这一劫,直接考上大学,当时还庆幸自己少走弯路。但对从事人文社科研究的人而言,没有亲历,而是通过阅读别人的文字和影像来了解当代史上的这些大事件,终究是一个很大的缺憾。

集中《独对书桌过春节》《给自己上紧发条》《那份沉重》《没有熟人真好》等篇所描述的真挚细腻感受,于我心有戚戚焉。还有些文章的细节颇有史料价值。如史铁生的第一篇小说发表于西大的学生刊物《希望》,好些人都知道,但史铁生的夫人也是西大校友,恐怕知道的人并不多。陕西著名女散文家李佩芝毕业于西大中文系,而且是我的第一本小书的责编。她的胞弟李昶怡也是西大作家班的学生,我并不知道。李氏姐弟与商氏兄弟齐名,成为陕西文坛的佳话。而姐弟早逝,兄弟长寿,则又是同中之异。许多人不知道的还有著名作家路遥的胞弟王天乐也是西大作家班学员。让人痛惜的是这一对兄弟也英年早逝。阅读子秦先生的大作,可以丰富我们对文学陕军特别是"西路军"的了解,一些模糊的印象通过他的叙述清晰起来,也丰富起来。

我一直认为,由于时间距离太近,我们对当代事件的许多情绪性观点和看法将来未必能站得住,传下去。及时保存一些档案,抢救一些史料,记录一些细节,却都有存信史的意义,特别是口述和影像资料,随着当事人的纷纷谢世,将会越来越稀缺。我们有意识或不经意做的这些,对未来史家还原历史真貌功莫大焉。民族起源及夏商周断代中的一些事件搞不清楚尚可理解,如我们对当代史中许多环节都失忆了,都说不清楚了,那才是愧对历史,愧对文化人的责任。

阅读子秦作品的最强烈印象是他能将诗文打通、将古今打通、将知行打通。

先说第一点。子秦以诗知名,《我是狼孩》等作品已让他在当代诗史上留下了一笔。从收入该集的作品来看,他早已完成了由诗向散文的转变。我不愿用华丽转身之类轻佻的词语来形容他的转型,我宁愿相信这是一个现实的也是痛苦的转变。如果说此前的作品还能看到转变的裂痕,该集中的文字则说明子秦作为一个散文家的驾轻就熟,展示出当行本色者的从容淡定。但是我每每能嗅到字里行间由诗发酵出的味道。文章中出现的一些韵语、联语,对骈散的调停处理,在在说明他作为具有良好素养的诗人,对诗的这些技术是非常娴熟的,只是没有机会展示。好比内功深厚的拳家,虽没有上台打擂,举手投足间已露出冰山一角。集中文字,凡涉及对友人诗歌的评论,对古人诗词的赏析,都很精彩,似乎没有充分的宣泄,就没有过瘾的感觉。

行水看云

再说第二点。我认为该集中最大的亮点是第五部分,这是许多当代散文家集中见不到的。子秦因一篇《西安赋》名声大噪,不仅使他自己成为用古今两种笔墨写作的散文家,而且在当代大陆引发了竞相写赋的热潮,时至今日仍方兴未艾。全国各地的百城赋、千城赋大赛正在轰轰烈烈展开,说他是首创者,丝毫不夸张。还曾记得 20 世纪 80 年代初老干部、老同志默念着"老骥伏枥,志在千里;烈士暮年,壮心不已"的名言,投身练书画、练旧体诗词的热潮中。2000 年后又追随着子秦,纷纷撰写讴歌大好河山的辞赋,各级各类刊物,琳琅满目。看到如此多的效仿者,子秦应偷着笑。要说策划,这也算是他参与的一次高明的策划。除了为人交口称誉的《西安赋》外,收在该集中的《铜川赋》《杨凌赋》《红河谷赋》《常宁宫赋》《唐城墙遗址公园赋》等,均可圈可点。

20 世纪的中国现实与传统文化板块整体断裂。"五四"激进派稍好些,嘴上把传统骂得一钱不值,骨子里还是散发着贵族士大夫习气,举手投足间仍能看出传统的素养。包括"五四"主帅、中共创始人陈独秀,攻击传统最激烈,晚年沦落四川乡下,对传统文字学的研究仍很精湛,他随手涂鸦的信札竟然都成了书法墨宝。港台的文化人及作家,没有遭遇"文革"之灾,对传统的温情敬意尚存,梁实秋、余光中、董桥、陈之藩、龙应台,甚至金庸、琼瑶、方文山等,不论其政治立场与文学成就高低优劣,身上多有一种典雅高贵的书卷气,笔下也能将汉语的潜能发挥到极致。内地作家旧学修养好的也有一些，如写《李自成》的姚雪垠虽因创作观念的"高、大、全"为人訾议，但他对明清社会文化的熟稔，对明清诗文的模仿与理解都很到位。另外如唐浩明的《曾国藩》、熊召政的《张居正》都对国故有较深入准确的理解。近年来的很多状况则不敢恭维，倡导国学的大学校长不知"七月流火"为何意，主流文化的形象大使、著名散文家自己写碑文也要用"烟霞满纸"来表扬与自我表扬。故有识之士认为，近三十年海峡两岸较量，在军事与经济上我们占了上风，但在文化建设方面我们屡出洋相，为人诟病。我们在文化教育圈做事的人，应该感到汗颜。从这个意义上说，子秦第五部分所收虽是应景应命的文字，但将其写得妥帖，中规中矩，仍非常有意义。由此引发全社会的浓厚兴趣，仿效成群，更具有移风易俗之效。一个时代，一个社会，崇尚高贵、追慕风雅是一件大好事，功德无量，应该好好鼓励。

子秦不光能静坐下来写文章，而且能将其设想付诸实施。他参与组织策划了许多重要活动，他有在基层从事管理工作的经验，这些立体的东西、实践形态的东西并没有全部形诸纸面，却占了他相当多的时间，花费了他许多精力。同时这也说明他有多方面的才华。陕西文艺界从柳青开始就有作家下乡的传统，陈忠实、贾平凹、叶广芩、高建群固不用多说，新时期以来，冯积岐、方英文、朱鸿、张艳茜等都有被安排在基层挂职的经历。子秦参与的活动，虽与挂职不同，但通过这些活动，他对当

　　　　　　　　　　　　　　　　　　　　　　行水看云

下中国的现实有了深刻而清醒的理解,而他将自己的专长与服务对象相结合,更是一个特色。

知名文化人梁文道说,中国人要学会做富人,既然都G2了,又不差钱,那么应多点社会责任感,多点慈悲心,多做些公益捐助,多扶持一下文化教育。套他的话,移赠子秦先生,要学会做大家、大师。子秦先生在陕西已成名家,但冲出潼关,逐鹿中原,仍责任重大。至于在全球华文写作中争得领地进而提升华文在世界的影响力,仍然任重道远,我愿和子秦先生共勉。

子秦先生并不显老,有一次和他聊天时,他说他很快要退休了,反让我感到有些诧异。其实对文化人来说,六十岁仅仅是个数字概念。"暮年诗赋动江关"的例子很多,不独庾信一人。子秦先生身体状态好,阅历丰富,年轻时的烦心事渐少,更重要的是挣脱名缰利锁后不必再随人俯仰,更有利于独立思考,自由表达。逐渐完善的医保和福利制度,也可以使他不再为那些应酬、应景、应命的事风尘仆仆,他可以铆足劲多干一些年轻时想干的事,为中国文化和文学作出超越性的贡献。我相信,他能做到。

（2010 年 5 月 9 日草于京郊黄村,本文是为商子秦《传说》所撰序）

半通斋

炜评兄者,商州人也。今之商州、商洛,即古之卫鞅旧封,其地山谷奇丽,林壑幽美,虽与关中道接壤,然面貌迥异,故多磊落瑰玮之才,古有四皓,今有赵师俊贤、冯师有源,当代秦中名流贾平凹、京夫、陈彦、冀福记、孙见喜、方英文皆其地所产也,炜评亦列其中。

商州为秦头楚尾之地,所辖洛南邑有碑矗于秦、豫、楚三省间,一碑界三省,实为南北文化交汇之奥区。古来士君子系水土之风,属山川之气,不徒禀秦雍之雄浑,三河之雅正,亦能兼得两湖之灵异。师友朋从中举凡籍隶商州者,虽行业领域不同,个人成就高低不一,然习相远而性相近,举手投足间多有共同点。不知乃山水孕育、风气熏染所致,抑别有因耶?

商州多军事要塞,武关控扼其间,古来兵家必争。沉沙折戟,故垒残堞,山民樵夫影影绰绰,仍能仿佛其事。此地又为南北交通枢纽,水旱码头、长亭短驿、士商往来、客货转徙,络绎于其间。至如韩文公雪拥蓝关之叹,温八叉茅店板桥之思。迁客骚人播迁于此,兴会所至,商山留残句,洛水漂断章。史迹斑斑,依稀可考。今有好事者,倡言浙东唐诗之路,跃跃欲申遗。

吾谓守商州者,于遍植板栗核桃之余,如能将故道风雅遗迹详加稽考,广事宣传,不惟带动观光旅游,亦有大裨益于文明建设。进言之,当今三秦文苑,何以商州文风炽盛,南山一系人才辈出,或亦能从中找寻答案。

炜评每于课余席间口吐珠玑,妙语惊四座,余常惜其不能自珍其才,集腋成裘。今通览全集,始知多虑。集中所搜,虽有散佚,仍能精选三百余篇,数量不可谓少。举凡花间樽前,醉后梦中,客舍旅居,师友酬答,皆有篇什,其中迁想妙得,天成兴象,神来之笔,有才之句,亦俯拾皆是。

余与炜评师出同门,同留母校执教鞭,倏忽间已廿载有余矣。犹忆曩昔常以传承古典、扶树雅道共勉。炜评授诗词格律,口讲指画,知能并重,不惟绍续师承,瓣香古贤,使诗教一脉薪火不息,更能借旧瓶装新酒,别开生面,为诗词创作拓出新天地。盟诵之余,每多艳羡;临文之际,不免羞赧。叹余近十年身陷俗务,心为形役,三径就荒,木犹如此。羁鸟恋林,池鱼思渊,吾当迷途知返,见贤思齐,董理旧业,还望炜评有以教我。

炜评幽默多智,诗才富赡,虽自谦半通,实欲践行古今打通之大业。神龙鳞爪,闪烁一斑,今诗词集先行付梓,其他系列成果亦将纷至沓出,轰动学苑文坛。艺文可润身,器识当致远,是余之所深望矣。

人谓炜评多福,美妻贤惠,公子亦颇挺出,已超越中岁之困境,当能以学术之韶年,全力于不朽之大业。余乐见其夺关斩将，效坡公镗鞳噌吰，发关西宏声，唱大江东去，为陕军争当代诗词文化之尊位。夫自天水一朝后，关陕人物罕匹东南，文化南移已成定势。新纪元以降，机运重旋，西北或可新收功效。炜评若能预其流，定当有大作为。

戊子年季冬，炜评扣柴扉，携诗词打印稿，嘱余弁言绍介，谓其仅邀一二知己助兴，婉谢名公巨子捧场，且谓芳民教授已慨然允诺。余且喜且惊，老友新作，有幸先睹为快，诚人生一乐事也。至于抑扬古今，甲乙优劣，则非吾之所敢当。且序跋一体，时下赫然罪入十大恶俗之列，誉之不当为近谀，讽之不当为著粪。余怵惕以待，若履薄冰然，却之唯恐不及。故虽受所托，拖延竟逾半年。炜评数次催稿，言意恳切。余自忖欠债之身已无薮可逃，托辞借口反招失礼之咎。又思炜评亦质性自然之人，其吟稿并非邀功名谋职务之具，何不以其人之道还治其身？故放言数句，权当胡说，知我罪我，已奋然不顾矣。

（己丑年仲秋月朔方李浩谨识于长安寓所，本文是为刘炜评《半通斋诗选》所撰序）

固执与坚守

　　高春燕博士的《李因笃文学研究》被收入《中国社会科学博士论文文库》即将付梓，她嘱我写几句话以为绍介。作为她博士论文的指导老师，看到学生在学术土壤上辛勤耕耘，收获果实，我向她表示祝贺，也乐于说几句话。

　　春燕是我校古代文学专业招收的首届博士生，入学前已有多年的高校教学科研实践。但她是在职攻读学位，学术背景又是从文艺学转到古代文学。基于此，我与她商定拓宽视野，夯实基础，特别要多补一下古代文史的课。另外，我嘱她不要急于提前毕业，而要以保证论文的质量和水平为第一要义。所以，她入学时是第一届，毕业则拖在第三届之后，前后五年多时间。论文选题方向亦稍有调整，我建议以明清易代或清末民初的关陕文学现象为考察对象。最后，晓喆博士以《清代陕西书院与文学》为题，春燕则以《李因笃文学研究》为题。记忆中从论文开题、双盲评审到答辩，校内外专家对这两个选题都给予了充分的肯定。

　　但因我个人的学术兴趣和研究重点主要是中古时期的文学与文化，对明清关陇文学较少措意。故我能给春燕论文开拓与深入的具体贡献很少,而教研室相关老师、西大和师大的相关专家反倒给了她许多切实的指导。她自己也能充分利用地利之便,多次赴富平考察因笃故里,凭吊先贤,不仅获得了许多第一手资料,而且增强了对研究对象的现场感和历史感。这是其他研究者可能忽略的一些方面。

本项研究的学术特点及创新之处,有明教授在序中言之凿凿,评价极高。通讯评议中的专家意见也讲得很好,我不想多重复。借此机会,我想就本研究所涉及的几个相关问题,谈点自己的浅见,希望能引起春燕博士及同道讨论的兴趣。

首先,包括李因笃在内的"关中三李"及其他理学家,除了其理学、实学、史学等成就外,在文学方面也多有建树,但往往因其学术成就遮蔽了其文学的创造。当代学人在对这些前贤的哲学理学成就进行全面深入研究时,也有必要对其文学贡献进行梳理。余英时、莫砺锋等对朱熹的研究,曾枣庄、张文利等对魏了翁的研究,艾尔曼对常州学派的研究,已导夫先路,都具有示范作用。惜乎对关中诸先生的研究,还没有深入到对其文学成就的开掘。从这个意义上说,春燕的研究先着一鞭,会引起大家对"关中三李"及其他明清思想家、理学家和关学家文学成就的关注。

另一方面,学术的分科分途既是研究专门化、精细化的标志,又是一种迫不得已而为之的权宜之策。学界有大成就者,专攻而能有通识的眼光,断代而用非断代的方法。仅以陕西学界来说,已故的张西堂、傅庚生、刘持生、史念海、黄永年、卫俊秀、单演义、朱宝昌等先生均能学究天人,兼通古今,很难从某一个学科来拘限。仍健在的霍松林、张岂之、彭树智、安旗、周伟洲、赵馥洁等先生也均文史兼长、知能并重,在多个领域有杰出贡献。从这个意义上说,春燕所做的工作距离我的期许仍有差距。而作为她的老师,我自己也感到要真正做到会通古今,出入文史,深明中西,统一知行,可能是毕生追求可望难及的一个伟大的目标。这是我自己也包括春燕在内的年轻一代都应该奉为圭臬、毕生践行的一个方向。

明清易代时之山陕,风云际会,也有一大批才士,其中只有傅山、李因笃与外界联络较多,而如李颙等则终生不仕,晚年自筑土室,闭关明志。很长时间,受流行的史学观的影响,我也将此视为不知变通、不能与时俱进的极端例子。近年来,随着思考的深入,我反倒觉得在那样的时代大潮中顺应、迎应趋势固然是俊杰,是弄潮儿,但敢于逆潮流而动,或者以不变应万变,其实更加难能可贵,特别是在思想文化领域,能保持并坚守传统的价值,沧海横流,我自岿然不动,更是需要极大的勇气。进而言之,从知行二元并重的角度来看,能从辞章之美、义理之真、思辨之通对知进行发明固然重要,但对行的固守、践履其实更是戛戛乎其难哉。按顾炎武的观点,明清易代不过是一家一姓的更替,但清末民初一直延续至今的这次变迁,则是李鸿章所谓的"三千年未有之大变局"。在这暴风骤雨的大变革时期,与时俱谐，随俗雅化，其实还较容易。但若要固守坚持，有自家面目，有本地风光，不迷失自我，则是很痛苦的，甚至是很悲怆的。宋儒陆象山说：吾虽"不识一字，亦还我堂堂地做个人"（《陆象山全集》卷34语录上）。说明行的坚守与践履，其实不一定要依赖概念化的知识。在科学主义与知识主义甚嚣尘上的当下，我拈出宋儒的话头作为挡箭牌，不是要以自己的领新标异为难春燕，更不敢为难中国知识界。只是提醒自己，也提醒学界，对知识的无尽追逐是一次无涯之旅，保持自性的澄明，觉人者先自觉，也许更迫切。在学术生产越来越技术化的当代，如何掘发包括关学在内的中国学术的精义，用以温渥并沾溉当代人荒寒的心田，也许更关键。我将这一层意思提山主要是用以自勉，也想与春燕等更年轻的朋友共勉。

是为序。

（2011年2月7日农历辛卯年正月初五于爆竹声中，本文是为高春燕《李因笃文学研究》所撰序）

行水看云

点的突破

　　留校执教课艺学生二十五年,好像一睁眼一闭眼之间的事。从事研究生培养则更短,只有十多年时间。我自忖指导学生,既无深厚的学殖,方法上也乏善可陈。但有一点反复致意,一以贯之,就是希望学生能博采百家,转益多师,不要囿于师说,老死一地。故许多优秀的本科生、硕士生毕业辞行时,凡征求我的建议者,我总是鼓励他们不要辜负大好年华,趁着年轻,周游列国,遍访名师。从本科、硕士、博士一路上来随我读书,留在我身边工作的学生极少。我能狠下心来把儿子推到域外读书,同样也能横下心让学生们在外面世界打拼。

　　当然也有个别例外,焦海民君便是其中一位。海民是西大中文系 1989 级本科生,与雷武锋、高淑君、姜彩燕等同届毕业,我记得给他们班上过一学期的课。海民君毕业后在省电视台工作了很多年,取得了不俗的成绩,忽然又要回校读古代文学的研究生,还真让我有些意外。他是以在职身份读研,工作繁忙,听课、准备论文使他忙碌的生活更紧张。他还经常约我见面,见面又经常让他昔日的同窗雷武锋博士陪同,他们两人都言语俭啬,我的话也不是特别多,故每次相遇,印象中作为陪聊的霍士富教授最活跃,话题也最多,每次都能成为主角,而海民则是很好的倾听者、最配合的观众。

通过海民君平实简单的叙述,知道他对传统文化特别是戏剧、民间美术倾力颇多,他曾与雷武锋博士一起,在学校成立过一个民间戏剧文化的研究机构,看来他似乎有意于此。据我所知,对后来名噪一时的华阴老腔的发掘与保护,他也耗费了许多心血,从中可以看出他执着的一面。

他对牛弘的研究是由赴长武相公村勘踏牛弘墓引起的。大约五年前他曾在自己负责的一个电视专题节目中就陇西安定牛氏与牛弘问题采访过我,我记得我曾浮泛粗略地说过一些看法。后来在确定论文选题时,他坚持要以中古牛氏家族与文学作为研究对象。我与他曾就此反复商讨,最后决定先以点突破,通过牛弘这个个案来管窥陇西牛氏的演进变迁。有关牛氏的资料较少,课题还是有相当难度的。我一直为他捏着一把汗。孰料他的论文初稿出来很快,他虽长期从事媒体采编工作,其文字却似乎有意追摹近代史学大师"宁朴毋华"的笔法,很有特色。答辩时受到委员会诸位专家的肯定和称誉。在目前硕士论文特别是专业学位论文水平普遍下降的大背景下,海民君的这篇论文从选题、结构、材料、方法诸方面均可圈可点。

论文对牛氏家族的演变进行了勾勒,其中指出牛氏在隋唐以来的"偃武修文",证实了我对中古士族演变的一些判断。他对"开皇乐议"事件作了重点论述,对由皇帝任命主持乐制改革的牛弘最后成为失败一方的原因,也作了详细阐释。论文还对牛弘的诗文进行了细致阅读,提出了自己的一些新观点。

尤为重要的是,海民君多次赴长武等地实地考察,不仅有新闻工作者的职业敏感,而且恪守了学术研究的基本规范。在田野考察中,他还对"牛不离槽""牛头不对马嘴"等习语的语源进行了考察,提出了许多饶有趣味的看法。当然,这是海民写的第一部专著,与他熟悉的新闻类著述写法不一样,在资料引用、例证搜集、文献解读与结构编排上,均还有进一步提升的空间。

论文答辩后,海民君投入极大精力对论文进行了充实修改,又耗时一年多时间。去年暑期他告诉我要将论文梓行,嘱我写几句话。因我忙于俗务,一拖再拖,大半年时间又过去了,海民君仍在坚持,并且提出了一些变通的建议。我为其诚挚所感,将他的求学经历及论文撰写过程简明记述,也算是对几十年师生情谊的一种纪念。

是为序。

(2011 年 4 月 24 日草于桃园居危斋,本文是为焦海民《牛弘研究》所撰序)

学理视境中的公主婚姻

　　李娜的新书即将付梓,问序于我,我因琐事缠身,拖了很久。李娜毕竟是旧日的学生,不敢直接向老师催稿,只是在短信问安时侧面询问了几次。在校时常常是我催学生交拖欠的作业,斗转星移,孰料几年后,角色变化,老师竟也耍赖拖欠不交稿。上天一报还一报,丝毫不爽。

　　我忝任硕士研究生导师较晚,但也有十个年头了。这期间,共招了六届学生,与一批又一批好学上进的青年才俊,砥砺道义,激扬学术,教学相长,其乐也融融。在帮助学生成长过程中,自己也获益匪浅。记得首届入学的几位,何建军已赴美深造,获俄勒冈大学博士学位后被聘在美国一所大学任教,还负责该校一项国际交流项目,工作颇投入。张炳蔚年龄最小,又是跨学科考入,后从党圣元先生读博士,又入北师大作博士后研究并留校任教。邵之茜、窦春蕾两位在职学习,可能是同届中最早被聘为正高职称的。

　　李娜与田苗、卢燕新、亓娟莉、张筠、杨维琬、赵红等七位算是我的第二届硕士生。他们这一级也颇努力,卢燕新、田苗硕士毕业后分别转从知名学者傅璇琮先生、王水照先生,后又分别应聘到南开大学和西北大学工作,在学术上已露头角。卢燕新的论文后来还获"百篇优秀博士论文"奖。亓娟莉在职攻读博士学位,学成回原单位咸阳师院。张筠也是很有天分和才气的,在一所军队院校工作。赵红回新疆石河子大学执教,支援边疆建设。李娜毕业后回到原单位渭南师院,在紧张的教学之余,倾力于科研工作,申报了多项科研课题,又在原来硕士论文的基础上,广事搜寻,排比资料,重新架构,反复修改,七年磨一剑,形成了十多万字的《唐代公主的婚姻生活》一书。记得她当时提交答辩时,著名学者胡戟、阎琦两位教授就曾对她的选题和开拓颇多肯定,胡戟先生还特别提及她文中举出了几位一般统计中忽略的唐高宗与武则天之女安定公主、唐中宗宣安公主、唐肃宗永穆公主、唐代宗乐安公主,使公主的数量统计更加全面。

李娜对原论文的论题进行了适当调整,将原来论述唐代公主的生活与文学诸方面,集中在婚姻生活方面,论题更加合理。全书分别从公主的择偶标准、公主的婚礼、公主的婚后生活、公主与文学、文学中的公主诸端,在学术界已有的研究基础上,又有不少推进,书末所附公主谱也对前人的成果有所补益,这是应该肯定的。李娜为文谨守规范,书末将参考文献逐一列出,文中凡所引用也能详细标注,表现出学术研究应有的诚实态度。

当然,该书是李娜学术历程中迈出的第一步,不免有稚拙处。本选题要求文史兼长,对她也是一个考验,诚如她所言,多有力不从心处。我希望她能咬住这个题目,不要轻易丢手,在此后的研究中有更多的发现,在学术生涯中有更大的成就。

"冀枝叶之峻茂兮,愿俟时乎吾将刈",得天下英才而教育之,是孟夫子所谓"人生三乐"之一。我从教二十多年,看到学生一批一批成长,一点一点取得成绩,作为曾授业的教师喜悦快乐溢于言表也是常情,至于稽之事实,评价是否允当,还要留待读者诸君及同行专家在阅读该书后再进行评议。

（2010 年 12 月 23 日修改于西大长安校区,本文是为李娜《唐代公主的婚姻生活》所撰序）

行水看云

平台与津梁

　　学术的发展端赖于学者的专门精深研究,没有学者长期沉潜、训练有素的研究,没有含英咀华、厚积薄发的成果,则学术的繁荣要么流于一句空话,要么就成了印刷垃圾的堆砌。在日益资讯化和全球化的今天,仿效古人将相关成果藏之名山以冀传之后世,不仅是不可取的,也是不可能的,故学术成果的刊布与交流就显得至关重要了。学术共同体与学术机构的职责就在于不断提供这样的平台,促成学术交流在共同体内外彼此互动,良性循环,以维持学术之树生生不息,常青常新。

　　近十年来,本院秉持为人文学术研究繁荣发展搭平台、设津梁的素朴理念,曾先后与日本的东北大学、专修大学,韩国的庆尚大学、放送大学,港台地区的淡江大学、佛光大学、香港城市大学,大陆地区的北京大学、复旦大学、中国社会科学院、西安交通大学、陕西师范大学等机构进行合作,主办或合办十多次重大学术活动,为学术交流尽了自己的微薄之力。

　　本院还常设"名师讲坛"与"新视角讲座"两个论坛,有计划地礼聘海内外大家名师来院内讲学,举行专题讲座与报告达近百场(详见文学院网站所列,恕不逐一列举专家的名讳)。讲坛上鸿儒硕学络绎，名流大腕云集，成为校园内一道亮丽的风景。演讲者的智慧机锋，每次与听众互动的思想火花，不时爆出佳话。

本院在繁荣学术上的第三个举措就是编辑专门学术论文集与学术刊物，出版《西北大学语言文学研究丛刊》，其中三部论文集分别是三次重大学术活动的结集。主编《唐代文学研究》《鲁迅研究年鉴》两个刊物，在学术圈中人所皆知。其中《鲁迅研究年鉴》因故中辍，不久我们仍拟复刊。《唐代文学研究》刊行三十多年，影响几代学人，在海内外颇有口碑。最近我们拟改变长期以书代刊的做法，按固定学术期刊来运行。另外将已出全部内容数字化，编为可检索的电子版，作为学科建设的新成果奉献给学界。《西北大学语言文学研究丛刊》的编辑肇始于 2003 年，其中第一辑共四册，由商务印书馆 2004 年推出，第二辑四册由中国社会科学出版社 2007 年推出，第三辑五册由人民出版社 2008 年推出，第四辑五册由三秦出版社 2011 年推出。这四辑著作都由我院学者精心结撰，凝聚着他们多年的心血，又经过严格的推荐审查。其中有几册是近年来加盟我院的学术新秀在自己博士论文基础上加工修改的，是他们走向学术舞台的得意之作。学者的新老交错，学科的古今兼容，论域的义理考据并重，彰显出薪火相传、英才辈出的欣欣向荣景气。

此三端虽然是本院学者长期学术共识的自觉推展，但要坚持下来，积少成多，渐成规模，蔚为大观，也要仰仗各方贤达的鼎力支持。我们这一代学人,适逢民族百年振兴、千年未有之大变局,故往往能以中人之才成就前贤豪杰未竟之业,这自然是时代的机运,而非个人的能力。但大背景中的小气候也至关重要。忆及自己当学生时,经常听说校内外一些知名学者病体缠绵,感到黄泉有日而一生撰著出版无期,悲情无限。我们能有计划将在岗教师的学术成果刊布,则不能不感谢学校在政策与经费上的鼎力支持,否则美好的理想很难变成现实。

在《西北大学语言文学研究丛刊》编辑出版过程中,学界和出版界的有识之士也给予了热诚帮助。其中有中国社科院外文所党委书记党圣元先生,中华书局资深编辑刘尚荣先生,上海古籍出版社李鸣先生,中国社会科学出版社罗莉女士,商务印书馆著作室常绍民主任、发行部王齐主任,人民出版社柯尊全处长、李椒元编审,三秦出版社赵建黎总编、高峰主任等。没有他们学术上的高远目标,编务上的精益求精,也不会有本丛刊今天的枝叶繁茂,果实累累。

随着本院中国语言文学一级学科整体被纳入"211 工程"建设项目,学校及社会对包括语言文学学科在内的人文社会科学更加重视,有学者预言文学研究即将走出艰难,触底反弹。我们深信学术的交流、成果的刊布将呈常态,而不必这样再三致意、赘言其事了。我自己在这些项目的提出和执行过程中,忝任管理琐务,有幸经历其事,《西北大学语言文学研究丛刊》第一、第二辑推出时仓促,没有任何说明文字,略显突兀,故受编委会之托,在这里追述由来,补充交代始末,对一段历史作一个亲历者的简单说明。

（本文是为《西北大学语言文学研究丛刊》所撰总序,2010年12月23日修改于西大长安校区）

相遇缘，相聚情

　　卫平在电话上说中文系八一级同学今年入校三十周年,最近要搞一次聚会,邀我参加,我顺口应承了。卫平又慢条斯理地说他们拟编一册《八一集》,收入每个同学追忆大学生活的文字,我又顺口说好事好事。卫平开始下套了,说既是好事,就请我为他们的集子写点文字,而且说时间很紧。

　　按理说,我有充足的理由拒绝:我既不是他们的授课老师,也不是班主任辅导员;既没有在当时任系主任,也不是当前的院系领导;我当时也没追过更没娶过八一级的女生,不欠八一级一毛钱的人情。怎么也轮不到我写序呀?

　　我之所以自投罗网,上他们的套,纯属虚荣心作怪。卫平说这是他们班上的决定,由他代为通知。还说他们班要为班级聚首带个好头,由《八一集》开始,此后各级还可续编《五九集》《七七集》《七九集》……如此可以构成一个新的"文苑英华"系列。卫平的嘴很甜,给我戴了几顶高帽子,他在"自我介绍"中已经给我设局了,说我是他很佩服的学兄,我虽能过美人关,但过不了"美言"关。听了几句好话就晕晕乎乎,不知天高地厚了,不忍拂学弟学妹的雅意。虽已五十郎当了,但也想给低年级小同学们留个好印象。

当然,我答应为他们的活动站台,也不是完全没有理由的。他们集中的这类文字,我早在十年前就写过《七九级》一文(收入《怅望古今》),也曾在前后同学中被传议。后来因工作的关系,一直关注并多次撰写叙述学校生活的小文。我还曾提出过"新三届"的说法(收入《课比天大》),而卫平他们则炒"五级同读"的概念,与我的看法相呼应。说我和八一级是在校的前后同学也是实情,他们请班主任张老师写一篇序,也请我这个在校学长的代表写一点文字,说明学弟学妹们有情有谊。

铁打的校园,流水的学生。七九级也罢,八一级也罢,我们方唱罢,他们又登场,最后又都纷纷谢了幕。学校之于我们也不过是一个舞台、一节车厢、一个驿站。精彩也罢,平庸也罢,四年(大学本科)最多十年(博士)都要下车,都要换乘,去奔另外一个精彩的场子,去登上另外一节华丽的车厢。

命运捉弄人。男女主角都谢幕了,群众演员也都赶奔另外一个场子去了。我却成了这个剧场拉大幕的,成了这节车厢的乘务员,成了这个驿站的勤杂工。我从 1979 年入校到 1986 年留校工作至今,一晃也三十多年了。母校不仅是我生命的旅舍,而且成了我永远离不开的家。我之于母校也就不仅仅是匆匆过客,还成了这个大宅子的看门人(也兼过一段管家婆的工作)。

每一届的学弟学妹们(也包括学兄学姐们)兴之所至,都会匆匆回来看一眼老宅祖屋,我们这些看门人就得全程陪同,带他们参访凭吊。学长们在一块儿总要絮叨老家的陈芝麻烂谷子,老宅子几度风雨,历尽沧桑,也会引得他们一惊一乍。嫁入豪门的回家时不仅珠光宝气,而且盛气凌人;不如意者回家就像朝圣,见什么神都要下拜;愤激者回家则嘟嘟囔囔,指指戳戳,嫌墙皮脱落了,嫌屋顶漏水了,说教授没有当年知名了,说饭菜没有当年可口了,说学校滑坡了,说人才培养质量下降了。看门人要笑容可掬,要点头称是,要表示迅速改正。

更重要的是,中文八一级先后有十人留校,与我类似也干起这个老宅的看护工作。我与他们过从颇多,相处也颇融洽。透过他们,我对八一级同学的逸闻趣事有了更多的了解,突击阅读《八一集》,则产生了更丰富的感受,对这个团队也有了更深入的认识,我把我的阅读感受归拢了一下,主要有如下三端:

首先是让我重温旧梦。品读《八一集》,也把我带回了学生时代。卫平的文字让我想起了听石昭贤、曹汾、马天祥、张华、郜政民、董丁诚、刘建军、张学仁、刘秀兰、赵俊贤、费秉勋、房日晰、雷树田、刘百顺等老师讲课的情景。薛瑞生、杨昌龙、周健、张孝评等老师是我后来蹭课听讲座认识的。当然也有给八一级上过课,但我并不认识的,如李文瑞老师。也有仅给我们上过课,他们并未提及的,如毛黎村、薛迪之、同向荣、王忠全、任广田、王静波诸位老师。

张艳茜的文章让我知道了八一级有"七仙女"。我当年读书时两耳不闻窗外事,沉浸在故纸堆中,但并没有读出颜如玉,故真不知道八一级男生自炫的七个美女。只记得在我班宿舍中,有几个后来颇知名的男生一边抠脚丫,一边编派某女生,只可惜我当时对不上号。等对上号时,则都已成了"使君有妇,罗敷有夫"的中年男女了,不光天下无贼,连心中都无贼了。通过丁科民的文章,知道几个坏小子在山中失踪了一周,竟还敢对时任班主任的聂益男老师耍赖撒娇。相比起来,我们七九级的某男生违纪后挨批评还算是老实的。我更不知道周燕芬酒量过人,球技也十分了得。

八一级人数虽少,但留校的又最多,都很有建树。分散在各个领域的也都广有作为,好像飞播的种子在天南海北生根发芽开花结果了,把母校的声誉也传播到了天涯海角。

其次是自得其乐。张孝评老师的序中,提及八一级同学的幸福感,姚逸仙短文的题目就叫《幸福的日子》,确实有点晒幸福的嫌疑。刘丰虽然羞羞答答用了"貌似幸福",当他看到熟睡中的贤妻娇女,还是按捺不住,幸福感溢于言表:"上天安排的最大嘛,还有什么可臭屁的!"自己半夜独乐还不够,还要拉起至尊宝和紫霞仙子见证他的幸福。"幸福"本是个褒义词,但我眼睁睁看着这个好词这些年来被无端糟蹋了。我怕八一级同学又说我让他们"被幸福",故极力避开这个词。

包括我和八一级的学弟学妹们,都是红旗下的蛋,都被认为泡在蜜罐里,但我们也亲历了"大跃进"、"人民公社"、中苏交

行水看云

恶、三年经济困难、十年"文革"、打倒四人帮、恢复高考、自由化与清污、经济改革、脑体倒挂、"六四"风波、加入世贸、金融危机、两岸"三通",等等。社会政治的变化犹如高速动车般风驰电掣,快得让人心惊肉跳。再朝远处说,我们目睹了民族三千年未有之巨变,我们经历了西方国家几百年才发生的事,每个人在巨变中都有许多复杂的感受,"幸福的家庭是相似的,不幸的家庭各有各的不幸"(托尔斯泰),"婚姻如同穿鞋,幸福与否,只有脚趾头知道"(黄永玉)。八一级同学经过了三十年的苦难,悲欣交集,仍能有定力自得其乐,编出这样的集子,说出这些让人感动、感伤、感慨的话,说明生活并没有让他们麻木,他们不一定每人都幸福,但他们能化悲为喜,以苦为乐,坚强地走过人生的艰难,又再次集结起来。

第三是团队意识。我这些年来耳闻目睹,最近阅读《八一集》更强烈的感受是他们班同学的团队意识或集体意识。张艳茜用"亲同学"来指称,诚哉斯言。王怀成表面上讽刺挖苦、骂骂咧咧,但是对他们这个班级的感情也是浓得化不开,不过是外冷内热、正话反说而已,有他的文字为证:

> 但愿人长久,千里共婵娟。我们不期有钱有势,我们不望荣华富贵,我们不冀山珍海味,我们不求高官厚禄。我们只想39颗心永远相通、相连、相思、相念。两情若是久长时,又岂在朝朝暮暮。虽然我们不能天天见面,但是

我们的心里都有 39 个人中的你、我、他。让我们手拉手、心连心、同心同德,团结一致,共渡难关,永远走下去。

啧啧,怀成还好意思调侃人家教授们的文字风骚,你瞧你自己的文字既引用又排比,多花哨多唯美多肉麻。

就以编这个集子而言,8 月份一个号召,一呼 39 应,9 月份就编齐了,真让我对八一级的学弟学妹们刮目相看。回想我们七九级,八年前搞活动,也想编个类似的集子,周建国同学还为此慷慨解囊,赞助了上万元钱,但最后是文章没有凑齐,现金也不知辗转到何处了。

八一级每逢同学家中有大事,呼啦一拨人就都赴去了,好像要打群架,争着出头要把事摆平。记得他们入校二十五周年聚会,呼啦一杆子就把大家吆喝到了陕北横山县。谁家小孩高考,一拨人策划于密室,又是出主意想办法,又是托门子找关系,好像每人都是娃他干大干妈。同学这种感情本来随着年龄的增长会越来越淡,随着中国市场化的深入也会越来越稀薄,但他们八一级的团抱得特别紧。我在学校和院系主持的会议上,印象中有好几次八一级的请假说他们班级有活动,不能参加我主持的会,让我羡慕嫉妒恨,也让我感慨无穷。

行文到此,差不多凑够了千字文,该打住了。本来想模仿张阿利《羊肉泡馍麻辣烫》和美国大片《源代码》,给这篇短文拟几个结尾,列成菜单供他们选择。看了韩星博士的文章,才发现八一级人才济济,大家都已年过不惑,也有部分迈入知命之寿,故我没必要拉下脸作学长状,说那些酸腐的期许希望。

韩星能认识到理想与大道不是一回事,成功与得道更不是一回事:"以道心看人生,以道行行人生,生命便合于大道,死亡将归于大道。"这不就是文人追捧的陶渊明的"纵浪大化中,不喜亦不惧"吗?韩星得道了,卫平贯通了,学辞章的中文八一级有了宇宙意识,文人而具终极关怀,我读着读着也似乎悟出了一点什么。

(辛卯年仲秋夜草成,本文是为《八一集》所撰序)

东瀛交流琐语

　　近三十年来,西北大学与东瀛学界的学术交流不断拓展,成果丰硕。以人文学科的交流而言,我以为与专修大学的交流最有特色,值得总结。我有幸参与其间,略知缘起一二,乐于追忆,一则纪念学术友谊,再则也是向学界宣传推广我们的做法。

　　据我所知,两校自缔结姊妹关系后,除领导互访、互派留学生外,学者之间的交流并不广泛。土屋昌明教授 2003 年暑期率五人学术团队与我们共同召开"长安的宗教与文学"第一轮国际学术会议,就会议本身而言还是相当成功的,无论论文发表还是特约评论,可圈可点处极多。但我后来检讨,由于我们承办国际会议的经验不足,在接待与会务方面的疏漏与不尽如人意处极多。紧接着当年秋天又发生了一些意想不到的事件,两校友好关系突然降至冰点。我以为第一次交流中的遗憾将无法弥补,常因此耿耿于怀。

　　所幸乌云很快过去,两校高层深明大义,学术交流并未受到很大影响,人文学科的合作与交流仍在稳步推展。由松原朗、土屋昌明等教授策划,两校学者共同承担的"唐代长安的都市空间与诗人"系列论文在日本名刊《亚洲游学》特集刊出,产生了广泛的影响。2004年8月由矢野建一教授率领的十多人的大型学术团队莅临西北大学参加"长安都市文化与朝鲜日本"第二轮国际会议,会议圆满成功,好评如潮,不仅弥补了第一次会议的一些不足,而且给与会的中外学者留下了美好而深刻的印象。紧接着2005年秋,由张弘教授率西大文学院六人学术团队对专修大学进行了回访,在专修大学的会议上发表相关的研究论文,为西大的国际学术交流开了新例,受到学校领导的重视和肯定。前后四轮学术会议,每次具体论题虽有区别,但又都围绕着"长安文化"这一关键词纵横开拓,上下生发,不断积淀,荟萃成果。

2005年初,应专修大学邀请,两校文史及考古学者再次在东京举行新发现的遣唐留学生井真成墓志研讨会,相关成果辑集出版,不仅受到日本汉学界瞩目,而且由于媒体的追踪报道,竟使一般国民也产生浓厚兴趣,络绎不绝地从四面八方聚集会场,观者如堵,前所未有。据说那一年专修大学的新生报考率也直线上升。

对已经取得的成绩,双方执事及学者们并没有自满,除将2004年会议论文编辑成册、互相翻译,用中、日两种语言分别在西安与东京出版外,还拟定了更宏大更长远的合作研究计划,如共同申报国际研究课题,共同翻译出版两校知名学者的学术专著等,各个专案正逐步推展开来。

在此,请允许我诚挚地感谢两校的领导以及负责国际交流的部门,他们对国际学术交流的重视、宽容与实际支持,使我们的学术活动能顺利进行。我同时也要感谢两校人文院系的相关教授学者，尤其是荒木敏夫、矢野建一、松原朗、土屋昌明、严基珠、前川亨、李健超、阎琦、韩理洲、李志慧、张弘、贾三强、刘炜评、李芳民、张文利、方蕴华、姜天喜等先生，没有他们的热心参与，各项活动无法落实。此次论文集的编辑、翻译、出版，土屋昌明与张弘两位先生殚精竭虑，投入最多，能够看到丰饶的果实面世，应该特别感谢他们。

"靡不有初，鲜克有终"。学术交流尤其是国际学术交流，不是搞社会运动，也不是作政治秀，不要寄希望于一两次轰轰烈烈、声势浩大的活动，也不要老想着吸引公众的眼球。学术是一些素心人的商量切磋、质疑问难，需要的是理性与客观，既要执着又要超越，既要平心静气又要能耐得住寂寞。好在两校主事者高瞻远瞩，具有办好一流大学和学术研究的国际眼光，各科主管能不惮其烦，为学术交流定下基调，开了好头，取得了系列成果。我相信在不久的将来，两校人文学科的交流会更深入更持久，取得更卓著的原创性成果，不仅能为两校国际交流谱出新篇章，而且在新世纪的中日学术交流史上也会留下浓墨重彩的一章。如是，我们也就不仅仅是古代中日交流的研究者，同时也成为未来史学的亲历者和创造者。

（2006年12月于西北大学桃园校区，本文是为《长安都市文化与朝鲜·日本》所撰序）

风高土厚的榆林

旅食长安已近三十年,却很少为家乡动笔墨,这次算是个例外。

榆林古属雍州之境,秦为上郡,两汉因之,东晋时匈奴铁弗部据之建大夏国,所都统万城亦在辖区内。隋置朔方郡,唐改称夏州。明成化年间始置榆林卫,为延绥镇治,推为九边重镇之一。清雍正年间设榆林府。20世纪80年代末地改市,现辖11县1区。

因其地处陕甘宁蒙晋五省区交界处,东为黄土高原,北为鄂尔多斯草原,毛乌素沙漠横亘其间。山川险阻,风高土厚,为农耕文化与草原文化过渡带。历史上曾有匈奴、鲜卑、突厥、党项等民族活动于此,现仍为汉、蒙、回等多民族聚居区,五方杂错,文化多元。百姓高尚气力,质直崇义,歌谣慷慨,豪饮成风,耐苦寒,敢迁徙。与关中道等精耕农业区相较,历史积淀薄,因袭包袱少,故思想开放,敢于闯荡。

此地植物生长具有多样性,但因丘陵起伏不平,不适宜大面积精耕细作,加之降水量偏少,人民靠天吃饭,故农耕时代既无宁夏平原之富饶,又无八百里秦川之精致。百姓辛苦劳作,

在靖边统万城废墟上

仅能免于饥馑，如遭逢天灾人祸，则只能走西口、闯宁夏、赴新疆以打工就食。读民谣《揽工调》《走西口》等，不仅可知民生之多艰，亦可以观风俗之厚薄。

由于历代苛捐杂税繁重，百姓生存维艰，受草原民族风习熏染，人民极易揭竿而起，铤而走险，反对暴政，追求平等。古之高迎祥、李自成，今之李子洲、高岗等，皆能为民请命，解民于倒悬，逸闻趣事至今散播于民间。

长期移民屯边以及过度垦殖，使本来脆弱之自然环境更加恶劣，水土流失、扬尘活跃、沙漠南迁、植被荒芜，生态破坏严

行水看云

重,生存条件恶劣,或有目之为不适宜人类居住之地区。

所幸地储百宝,天佑苍生。20 世纪末地质工作者初步探明榆林地下资源极为丰富,已开采出石油、天然气、精煤、岩盐等,不仅改变了榆林贫困落后的面貌,而且极大缓解了国家能源之紧张匮乏。尤为值得称道者,西气东输为首都申奥成功提供大助力。则吾榆林不仅于战争年代有大贡献于中国红色革命,而且又于和平时期再次施大功德于现代化建设。

短短十多年中,榆林不仅脱贫,且在致富的康庄大道上迈出大步。辖区内神木、府谷、靖边、榆阳等县区在国家百强县中榜上有名。由于经济不断腾飞,交通更加便捷,文化特色显著,榆林城市化亦跃居全省前列,有论者谓榆林不久将会成为仅次西安之陕西第二大城市。旧称榆林为塞上"小北京",洵非虚誉。

造化钟神秀,地灵蕴人杰。榆林风高土厚,磊落奇伟之才往往诞生其间。其中武勇者如大夏之赫连勃勃,北宋之杨家将,南宋之韩世忠,民国之杜聿明,中共早期领导人魏野畴、李子洲、高岗、刘澜涛等,或以其事功,或以其忠勇,或以其英烈影响当时,流徽史册。

榆林人文方面亦有可称道者。如与东罗马并称为世界名城之隋唐长安城,其总设计师即为隋夏州人宇文恺。另如民国时期张季鸾,弃旧图新,与时俱进,东渡留学,启发民智,返国后办报刊写时评,抨击时弊,被誉为报人模范、论坛领袖,僻处西北之榆林走出现代新闻巨子,对 20 世纪中国传媒业亦有大贡献。另如杜斌丞、李鼎铭、马健翎对中国文化的发展也作出了成就。至于柳青、路遥等人小说扛鼎之作,家诵户传,风行天下,在中国当代文学史上亦是人所共知的。而李季于三边创作的《王贵与李香香》,佳县李锦旗、李有源据民歌《芝麻油》《白马调》改写出红色颂歌《东方红》,毛泽东于清涧袁家沟赋《沁园春·雪》,红色经典渊源有自,一脉相传,虽曰天纵英才,艺术独创,抑系方土风气,赖江山之助乎?

《管子》中说:"仓廪实而知礼节,衣食足而知荣辱。"榆林经济起飞发展,人民丰衣足食,然当地有识之士并未满足于此大好形势,于物质脱贫后又大力倡导富而后教,化民成俗。有关方面重视引进智力资源,修缮中小学校舍,组织策划多种文化艺术活动,举办多种社科经贸论坛,录制当地歌手充满原生态风味的民歌作品,编写宣传介绍旅游文化资源的图册,重文崇文,蔚成新风。

更有儒雅君子李涛、王亦群、李能俍诸位于公务之余,不废艺文,诗词酬唱,笔墨雅集,塞上常传琴瑟之声,文中多有雄豪之气。诸君子长期从政,激扬道义,故不满足于自娱自乐。自觉曷若觉民?为提升当地百姓素养,培育现代精神贵族,诸君子以弘传诗词雅道、普及经典文化为己任,倡议创办《榆林诗词》,积极筹建榆林诗词学会,响应者云集,习作者争先恐后,彬彬乎一时称盛。

诸位发起人又风尘仆仆,多次往返于西安榆林之间,将创刊物、办学会之设想向中华诗词学会名誉会长霍松林先生汇报,得到霍先生及陕西省诗词学会会长雷树田先生、常务副会长李炳武先生等的赞扬肯定。松林师又谓我出生于榆林,暂长高校文学院事,于情于理皆应为乡邦文化有所奉献,嘱我撰文宣传介绍。我以资浅学陋,再三婉拒,仍不获许,遂草成此短文,为家乡文化建设的这一盛事表示衷心祝贺。

　　所当指出者,榆林人从物质贫困到财大气粗,是一大历史进步,但从财大气粗再到文质彬彬,或从膏腴之地再到人文渊薮,榆林仍然任重道远。

　　(本文是为《榆林诗词》创刊号所撰序,原刊《美文》2008 年第 1 期)

世象闲谭

大学与大楼

　　我的母校是西北大学,这是一所与西北环境一样艰苦卓绝的学校。创建时校舍条件较差,在西安老城中一块逼仄的地方办学。抗战光复后,从汉中城固复员回来,利用原东北大学留下的校舍,就是现在的边家村校区(又称北校区、太白校区)。我的大学时光就是在这里度过的。当时改革开放伊始,百废待举,校舍已不敷恢复高考后的教学之用,我们是在极简陋的平房和简易房中上大课的,既无暖气也无电风扇。据说牛津大学学生的绅士派头是由下午茶和教授烟斗中的烤烟熏习而成的,而我们这批"新三届"的大学生活,则是在简易房中冬天的蜂窝煤熏呛中度过的。上午四节课下来,鼻孔是黑的,嗓子是黏的,学生辛苦,在二氧化碳烟雾中喊了几小时的老师就更惨了。

　　20 世纪 90 年代利用原西安市老飞机场拓展出桃园校区。2006 年校本部整体迁到长安郭杜校区,就是现在所谓的南校区(又称长安校区)。郭杜南依秦岭终南,北瞰京城,唐时达官显贵们的别墅田庄鳞次栉比,所谓"城南韦杜,去天尺五",是那个时代的高尚社区、风水宝地。几度春秋,几番风雨,南校区已初具规模,漫步校园,会让人感到敞亮宽阔、神清气爽。

当然，校园规划中缺乏水景，景观静而不动，景气凝而不活。教职工的住宅配套没有跟上，教授的研究室没有全部解决，每天十数部校车往返于三校区之间，燃烧了大量汽油，耗费了不少宝贵时间，也贡献了不少PM2.5。这可能是内地高校扩建新校区所面临的共同问题，也是世界各国多校区办学的共同问题。相信经过二期、三期建设，相关条件会进一步改善。总体上说，南校区还了历史旧账，为今后百年发展打下了基业，从大楼或办学空间上与世界著名大学缩小了差距。

迄今为止，包括我自己在内，谈大学教育的人，都喜欢搬用梅贻琦"所谓大学者，非谓有大楼之谓也，乃有大师之谓也"的说法，这话没有错，但大楼与大师不是矛盾对立的，更没有深仇大恨。大楼湮没不了大师，为了大师也不必将大楼炸掉，搬到田间地头去办大学。

恰恰相反，大楼是大师也是大学最基本的条件。没有大楼，甭说是礼聘大师了，就连普通学生也招募不来。为什么西部学校没有东南学校的师资强、生源好，更无法与京沪两地相比？就是因西部的地势不再，大楼不高，条件不好。一句话：物质条件太差。诚如有人戏仿古诗所讽刺的：西北无高楼，孔雀东南飞。

我们可以做个假设，清华、北大现在是否有大师且不讨论，若说两校在国内大学中师资最雄厚、生源最好并不过分。如将这两所名校从首善之区的北京迁到新疆或青海，是否还有目前这样的师资、这样的生源呢？如果让这两校下放上三十年、五十年，享受当地的教师待遇、学生待遇，是否还能保持现在的知名度、美誉度呢？

有人会说不然，以民国时期的大学为例，抗战时西南联大播迁昆明，西北联大北迁城固，物质条件极差，不是照样辉煌一时吗？特别是西南联大，不是在中国现代大学教育史上写下了光彩夺目的一页吗？不是有那么多的"民国范儿"都活跃在这个时期的大学吗？

但我们不要忘记，抗战时期是民族危亡之际，全国同仇敌忾，浴血奋斗，相比于前线的军人、沦陷区的百姓，大后方师生的生活还不算是最差的。阅读描述那个时代大学生活的作品像鹿桥的《未央歌》，宗璞的《南渡记》，岳南的《南渡北归》，齐邦媛的《巨流河》，汪曾祺回忆西南联大生活的系列散文等，可以印证这个看法。即便如此，假如战争持续三十年、五十年，在长期极端恶劣的环境中，能否会比和平时期取得的科研成果更丰硕、培养的英才更多呢？恐怕就要打一个大大的问号。

在战争等险恶环境中的人，犹如今年地震绝境中求生存的灾民一样，是靠一种神奇的本能和意志来支撑的。但这种精神与意志是有极限的，超过了底线，精神也是无可奈何的。过分强调精神意志的力量，又要轮回到精神原子弹无往而不胜的时代。更何况，那个时代大学的物质条件虽差，但校长敢于拒见"蒋委员长"，教授敢于理直气壮地讲"独立之精神，自由之思想"。

　　国外的大学校长是靠教授和董事会推选的。校长除了懂教育、有人格魅力外,还要有筹资募款的能力。美国加州大学伯克利分校的校长之所以被人称道,是因为该校出了四五位诺贝尔奖得主。在引进一位教授时,对方提出实验室需要一座大楼,校长就拍板为他建了一栋楼,于是这位教授后来获得了诺贝尔奖。都说孟尝君是个伯乐,门客冯谖对待遇有意见,不停发牢骚,孟尝君帮他解决了住房、餐饮与用车问题,冯谖才死心塌地为他作出卓越贡献。所谓先筑巢后引凤、先栽梧桐树后有金凤凰,就是这样浅显的道理。

　　"地势使之然,由来非一朝"。其实不仅人才成长受制于地势,大学的发展也往往受制于地势。如此说来,包括西北大学在内的所有大学的发展,大楼不是万能的,但没有大楼是万万不能的。

　　(2008 年 10 月 26 日草成,原刊《光明日报》2012 年 4 月 20 日)

危机的破解

　　内地高校评估实施多年来,一直在褒贬争议中缓步前行。前一段时间,中国科技大学、中国人民大学两校的资深校长公开叫板教育主管部门,更加重了对评估的负面评价。某校"照片门"事件,则使人们对评估由学理性论衡转变为情绪性攻讦,一条突发的网络新闻,使评估陷入空前危机。高校评估何去何从,又引发了新一轮的热议。笔者以为,问题的关键并非是不要评估,而是应如何评估。这就需要教育行政部门和教育管理专家转变观念,重新定位评估,从指标体系到操作技巧都要进行大的调整,如要使当前的评估走出困境,解除危机,进入良性循环,至少应从如下诸方面进行调整。

　　一、由官方负责转变为民间机构主持。目前的评估工作是由教育部新设立的一个司级机构负责,行政色彩太浓,建议参照国际惯例,委托一个或多个民间教育学术团体来主持。这些民间机构应为有资质的独立法人团体(即第三方),他们可以向教育行政部门竞争评估业务,行政部门可以择优选定一个或多个机构承担相关业务。

　　二、由公开视察转变为私密调查。在现行的评估模式中,专家组是公开的,于是人尚未到受评学校,所有信息都已暴露。专家的姓名、单位、专业背景与在受评学校的人脉关系都被人肉引擎搜索出,专家进驻学校后便被牵着鼻子走,所见所闻都是受评学校事先精心设计、刻意安排的,这样的考察能获得多少真实可信的情况是可想而知的。建议借鉴国外著名企业的调研方法,总部要到下属分支机构或子公司搞调研,并不通知下属具体时间、访客人数及姓名等,也不需要下属陪同接待。调查人员住到校外,不亮出身份,有可能随机动态地获取受评学校的一些真实信息。

三、由请进来转变为走出去。目前受评学校接待评估组至少要一周时间,加上动员号召、准备材料,迎接评估要一年以上时间,兴师动众,旷日持久,极大地干扰了正常的教学工作,劳民扰民,受评学校师生苦不堪言,在网上讽刺挖苦,并非全部是没有根据的。如果由评估机构在指定时间、地点,请当年申请评估的学校分组汇报,每校在呈交纸质材料后,由学校负责人现场汇报,当面接受提问质询,多个学校依次汇报,便于区别比较,既提高了工作效率,又净化了会议空气,避免干扰学校正常工作,大大降低了评估的经济成本和道德成本。

四、由实地看材料转变为网上审阅。大规模驻校考察不仅冲击学校正常的教学科研秩序,而且会集中滋生各种腐败行为,给受评学校师生留下极坏的印象。近年来,各高校的硬件建设已有很大改观,评估应把重点放在对其软实力的评议上。

　　　　　　　　　　　　　　　　行水看云

学校完全可以把评估材料通过数字技术传给评估专家组,有关评估材料及考核指标全部上网,除涉及国家安全及国防工程需要保密外,全部网上公开,专家组可以通过网评,社会各界(包括媒体、校内外师生)也可以对网上材料的真实性进行监督评议。网上相关材料可以长期保留,转变为学校虚拟资源的一个重要组成部分。

五、由专家投票转变为公众参与。过去的评估意见仅为专家组的看法,因专家人数有限,学科背景不同,实际上的评议水平与效果也受到限制。建议教育评估机构设立专门网站,将相关学校的材料传到网上,邀请社会各界(包括校内外师生)访问、点击、评议。评估机构将这些意见整理,作为社会舆论对受评学校影响力、美誉度的评估,纳入评估结论中。

六、由以学校评估为主转变为以学科专业评估为主。目前主要开展的是学校评估,应逐渐过渡到学科和专业评估。从理论上说,任何一个学校都有强势学科和特色专业,专业评估可以帮助学校肯定优势,扶植弱势。通过专家的会诊把脉,也可以将一些无特色的弱势专业压缩或停办,奖优惩劣,真正对专业调整、学科发展起到促进作用。

七、由单一的水平评估转变为异彩纷呈的花样评估。建议在坚持教学水平评估的同时,还可以举行形式多样的花样评估。例如,通过网络、报纸、杂志、手机等渠道,评选中国十大最佳学风学校、十大园林校园学校、十大最古老建筑学校、十大最具竞争力学校、十大最具影响力校友学校、十大最具国际化学校、十大厨艺最佳学校、十大校训最给力学校、十大发展最快学校、十大衰落最快学校,等等。让更多的学校参与评估,让更多的人关注评估,让人们能以理性、平常的心态对待评估。

八、由一把尺子衡量转变为分级分类考核。全国有两千多所高校,这些高校分为公立、民办、省属、部属(委属)、一般、新建等,因地理区位、历史久暂、归属部门的不同,实际上很难用一把尺子衡量。建议制定多项标准,采用多种考核体系,根据学校的不同,分级分类考核。

勿扰麻雀和熊猫

　　当下的中国内地，给人最强烈的印象是：一副生猛的暴发户气派。到处是新开工的大工地，到处是新开张的阔商铺，到处是新竣工的高楼盘，好一派欣欣向荣、喜气洋洋的景象！于是有永远完不了的庆典，既要庆祝，那么燃放烟花爆竹就成了必不可少的节目了。于是天天能听到震耳欲聋的爆竹声，夜夜能看到炫目欲盲的礼花。所到之处，任何时候都是嘈杂喧闹，很少能享受宁静、清静、安静、平静。

　　首先，中国还不足够富有，离真正的发达国家还有很大的距离，任重而道远。边远地区农村仍然相当贫困，城市下岗职工仍然得不到很好的救助。除个别城市、个别垄断行业外，大多数外省职工及大多数行业的普遍工资仍很低。燃放烟花爆竹每天要烧掉多少钱，不知经济学家、统计学家是否计算过？2005年有人以《吃垮中国?》为题著书，批评各地饮食文化的奢靡浪费，其实吃还是人生的基本需求，无法制止。但通过烧钱来摆阔，污染环境，形成雾霾，制造恐慌，可能必要性不及餐饮，而奢靡与浪费过之，与建设节约型社会背道而驰。

　　其次，我们宣称要建设绿色环保的生态文明社会，燃放烟花爆竹产生大量的硝烟、有害气体、噪声、垃圾,对环境造成的巨大影响和破坏,使已经艰巨的环保工作变得更加不堪重负。宁静的环境、清澈的天空,不能只在奥运会期间才能享受。沉鱼落雁,惊天动地,不是环境友好型的标志。何况古人说的沉鱼落雁是惊艳,今天的沉鱼落雁则是动物界惊恐于人类的粗暴野蛮。

第三,从爆竹生产到燃放所造成的安全隐患,也是众所周知的。前两年爆竹生产厂家事故频发,伤亡惨重,损失巨大,影响恶劣。为何到现在仍不吸取教训呢? 至于每年春节前后少年儿童燃放爆竹所造成的事故、惨剧,恐无法详列。

更可怕的是,烟花爆竹声与枪械爆炸声类似,天天听烟花爆竹的声音,耳朵都长了茧子,一旦真的发生枪击、抢劫及恐怖事件,我们的市民及警官还以为又是哪一家楼盘封顶或者是酒店开业志喜呢,这就惨了。

第四,雾霾日渐严重,除了因工业污染外,汽车尾气的增加、生活和工业燃煤的持续、中国式烹饪的排放也是罪魁祸首,而烟花爆竹的燃放,给雾霾的严重火上添油,大家每天呼吸着毒雾,看不到蓝天白云、青山绿水,幸福感、自豪感和优越感从何谈起?

有人会说,火药是中国的发明,燃放烟花爆竹是传统民俗,恐怕不能禁止,也不好制止。中国的发明很多,中国的民俗也很多,缠小脚、蓄辫子、人殉、宫刑、沿街倾倒马桶、随地吐痰大小便,洋洋大观,难道都有必要保留吗?燃放烟花爆竹,实际就是前现代社会传下来的一种陋习,首先要限制、改革,最终要废止。

前几年包括北京、上海、西安在内的部分城市曾提出限放、禁放的条例和地方法规,近几年又倒退回去了。地方官员表面是倾听舆论、尊重民意,实际上是没有先进理念,没有当下责任,对陋习听之任之。

我们不是要与时俱进,和国际接轨,赶超世界先进国家吗?放眼望去,倾耳听去,诸位年年在海外旅游,见到哪个国家有天天燃放烟花爆竹的陋习呢?

奥运会已成功举办了,"神八"也要上天了。没有人瞧不起我们,不要动辄一惊一乍,天天弄出许多响动来。2013 年"土豪"一词横空出世,被《咬文嚼字》杂志列入十大最热词汇,被英国英语收录机构以 tuhao 的拼法收入英语词汇中,而苹果公司的一款据说专门针对内地用户的奢华版手机直接叫"土豪金",对此真不知是该感到兴奋还是悲哀?我们也有五千年的文明,拿出点贵族和绅士的气派来,低调谦逊,文质彬彬,从从容容地干自己的事,也让环境安安静静。

嘘!麻雀和熊猫也在午休,请勿惊扰它们。

也说文化强省

振兴陕西，做强陕西文化，这是摆在陕西人文社科研究工作者面前的一项光荣而艰巨的任务，根据我自己的学术背景和专业特长，特提出以下八点粗浅的建议。需要说明的是，"有同乎旧谈者，非雷同也，势自不可异也；有异乎前论者，非苟异也，理自不可同也"（《文心雕龙》）。刍荛之言，芹献之议，智者不弃，或有可采。

第一，要做强陕西文化，必须从文化主权、文化战略、文化安全的高度来理解，要把它视作核心竞争力和软实力。这不是权宜之计，而是长远之策。一个民族、一个国家、一个地区文化的强弱折射出该民族、该国家、该地区软实力的强弱。百年图强多悲壮，在击破西方的军事入侵、经济入侵之后，我们还要提防外来的文化侵略。据统计部门公布的数字显示，我们的出口基本上是农业和工业产品，而很少有文化产品。泱泱文化大国，出口的书刊、电影、电视、戏剧、唱片、游戏软件占多大比例？在我们的大学、培训学校教英语和日语的外教有多少，而中国人在境外从事汉语教育劳务的又占多大比例？我们触目所见的好莱坞大片、科幻畅销书、英语工具书、韩日电视剧、洋快餐、洋饮料、洋生活方式有多少？这一广大的市场，民族文化如不占领，外来文化肯定要占领。民族文化品牌如退出这一领域的竞争，损失的不仅仅是经济利益，恐怕最后输掉的是民族魂。

第二，要做强陕西文化，必须注意文化、经济、科技的和谐发展。三者具有辩证关系，不能机械地片面地理解，更不能将三者对立起来。文化、经济、科技三足鼎立，三者构成一个整体，只有"三强"，才能共同发展，才能开创陕西全面繁荣、整体腾飞的新纪元。"没有科技的民族，一打就垮；没有文化的民族，不打自垮"（杨叔子语）。过去有关文化搭台、经济唱戏的说法应该反思。这一关系长期被倒置，现在应把它正过来。其实经济、科技等硬件应搭台，而文化等软件应该当主角唱大戏。此次北京奥运会开、闭幕式是一个最好的例子。有了文化的氛围和土壤，科技和经济一定能发展。反之，经济和科技的发展也会受到制约。一般人只看到江浙及东南沿海地区近几十年经济的腾飞，没有看到东南作为人文渊薮，在文化方面领先西北已有近千年的历史。无视文化因素的差别，盲目攀比追赶南方地区的经济及产业，实际上是缘木求鱼。

第三，要做强陕西文化，必须尊重"文化例外原则"，不要被经济全球化、科技一体化所误导，应该按照文化规律和文化特点来研究文化、管理文化、经营文化。虽然全球化的论调已受到有识之士的质疑，但在国内仍有广大的市场。有一点可以肯定，就是全球化的说法不适应于文化的发展。如果文化要全球化,那么就干脆废止各民族的语言,大家都去讲英语,听BBC的广播,看CNN的电视,读《纽约时报》。恰恰相反,联合国《世界文化多样性宣言》告诉我们,各民族的文化具有多样性、不可替代性、不可通约性和不可复制性,文化生态一旦被破坏,亦如自然生态一样,也是不可再生的。如果没有陕西方言、秦腔、碗碗腔、眉户戏、陕北民歌、安塞腰鼓、长安鼓乐、商洛花鼓、华县老腔、凤翔泥塑等,陕西地域文化的区别性特征就丧失殆尽,陕西人的精神家园也就失落了。离开了这唯一独特的地域文化,试问我们如何凝聚陕西人心,如何吸引八方宾客?

第四,要做强陕西文化,必须从历史的高度、可持续发展的角度看待文化资源保护与文化产业开发之间的矛盾,在保护与开发之间求取一个适当的"公约数"。20世纪五六十年代北京市在城市规划、老城改造方面的惨痛教训值得我们记取。因历史的、政治的原因导致文化古城被破坏,北京市民及全国人民迄今仍承受着这个创痛。前人栽树,后人乘凉;前人造祸,后人遭殃。文化是一种智慧,是一笔财富,从事文化研究、文化管理和文化开发的人,绝不能再重犯没有文化甚至反文化的低级错误。

第五,要做强陕西文化,必须找准体现地域文化特色的陕西元素,找出陕西文化的关键词,扬长避短,有所侧重,必须树立文化专利和文化专有的理念(属地原则),通过媒体传播,使文化精品真正成为陕西的名片和标志。由于所处地域及社会经济状况的局限,陕西的文化发展要有所为,有所不为。样样都抓,样样稀松。四面出击,战线拉得太长,不利于陕西文化的发展,陕西的经济也无法支撑过多大而全的文化项目。

第六,要做强陕西文化,必须与国际接轨,借鉴发达国家和兄弟省市的成功经验,不要闭门造车,从刀耕火种的原点出发,作重复性的毫无意义的所谓试验。

文化产品与文化产业开发,应尽量采用发达国家和地区已有的一些成熟的规范的做法,不要进行低水平的重复,不要做成政绩工程、形象工程。要就可行性进行专家论证,要进行成本分析,要实行首长终身问责制,要进行全程监督和审计。让权力在阳光下运行,防止以文化开发和文化产业的名义,搞新的腐败工程、豆腐渣工程。不能用交学费来搪塞决策失误,糟蹋纳税人的钱。

第七,要做强陕西文化,必须以陕西本土文化人才为基本力量,相关文化项目、文化工程优先在陕西选择主持人。陕西的张艺谋、赵季平、贾平凹、霍松林、张岂之、张锦秋、刘文西等,分别在各自的领域居于全国前列。但我省的一些文化项目及工程舍近求远,以为外来的和尚好念经,从外地拉一些莫名其妙的所谓名人滥竽充数,长他人威风,灭自己志气。所谓文化人才应包括文化研究人才、文化教育人才、文化创作人才、文化表演人才、文化创意人才和文化经营管理人才,这是一个非常广大的无形文化资源,要防止这一资源的流失,要做好无形文化资源的水土保持工作。全国一盘棋,楚材晋用,孔雀东南飞,对国家整体利益无大损失,但对人才流失的地区则有重大损失。近几年来,大家意识到了科技人才、经营管理人才的重要性,但还没有认识到文化教育人才的重要性。千金易得,一将难求。文化名人、文化大师也是一种资本,要保护他们的创造性,用其所长,使他们能在陕西施展才华,贡献力量。政府要为文化人才的脱颖而出、施展才华打造良好的平台,为文化人才的工作条件、生活待遇的改善多做实事,尽快构建一支高水平的文化研究、文化教育的创新团队。

第八,要做强陕西文化,必须进行理论创新,要有理论前瞻,不要跟风追潮,不要做墙头草。文化学本身就是哲学社会科学理论中的一部分,社会科学工作者特别是从事应用研究的工作者要在文化产业和文学艺术创作方面有重大突破,就必须花大力气、深入系统研究有关的哲学社会科学理论和各种文化现象,站在学术理论的前沿,才能高屋建瓴、有所发明、有所创造,奉献原创性的成果,创造出传世的文化精品。

两条腿

要繁荣发展陕西哲学社会科学事业,推进哲学社会科学的学术创新,必须保持四个平衡发展,特提出以下四点建议。

首先,要保持哲学社会科学与自然科学平衡发展。哲学社会科学是社会、经济、科技繁荣发展的土壤、空气和氛围,落后的哲学社会科学势必会制约自然科学的发展。学术界热议的"李约瑟难题""钱学森之问"揭示出我们不仅缺乏自然科学的大师,也缺乏哲学社会科学的大师。所以哪怕是单纯为了推进科技的快速进步,也应从哲学社会科学的土壤中寻求阻碍和制约因素。当然,自然科学常识的缺乏也会限制哲学社会科学的繁荣发展。

其次,要保持基础研究与应用对策研究平衡发展。应用对策研究是政府决策、政策出台、文件形成的依据,应用社科工作者作为政府的智库,其重要性已逐渐被认识。特别是地方社科研究机构,获得地方的财力、人力的大力支持,理应为地方社会经济的繁荣发展献计献策。目前国家着力推动的"西部大开发""关中天水经济带""丝绸之路经济带"建设,为我省社科工作者实现抱负、施展才智提供了难得的机遇。

但哲学社会科学基础研究的重要性仍未被人们充分认识，仍被忽视。陕西历史文化积淀雄厚，具有从事基础研究的优势和地利。最近被命名的十四位"陕西省首届社科名家"，也主要是从事人文社科基础研究的，说明我省具有作好社科基础研究的比较优势。我们应该扬长补短，组建基础研究的"奥运团队"，走出潼关，冲向世界，形成基础研究的品牌效应，用基础研究的成果来深化应用对策研究。

　　第三，要保持学术普及与学术原创平衡发展。在现代公民社会建设中，向广大群众普及哲学社会科学常识，特别是法律常识、经济金融常识、生态环保常识、文明礼仪常识、医疗保健常识尤为重要。省社科联多年来在这方面做了大量工作，成效显著。但是，我认为，在当前尤其要强调学术原创，强调推出学术精品。要做好后一点，必须尊重人文社科发展的自身规律，不要动辄用理工的模式、行政的模式指导、管理、评价人文社科研究。在学术成果的产出上，要反对"多快好省"的提法，要倡导"少慢费优"的理念。优秀成果从来不是以量取胜，不是以体积和部头取胜，而是以质取胜。要正确评价"一篇文章主义""一本书主义"的提法，鼓励学者坐得住冷板凳，十年磨一剑，毕生做好一个领域的研究。

　　我们虽然是地方社科工作者，但身处全球化的时代，要有国际化的视野，要用国际学术标准来衡量自己的研究。其实，意识形态与人文社科研究的国际标准并不矛盾，马克思的《资本论》是既有旗帜鲜明的政治观点又有诸多创新的世界学术名著。最近《光明日报》上刊登西安交通大学学者张再林教授与美国学者舒斯特曼教授就身体哲学进行的长篇对话，很有意义。希望我省能有更多的学者冲出潼关、冲出国门，在国际学术界争得更多的话语权。

第四，要保持理论研究与文艺创作平衡发展。陕西是文学艺术的大省，文学陕军、长安画派、西部影视、黄土音乐都有鲜明的特色，并产生了深远的影响。但是，如何保持这种特色，做大做强，应注意理论研究与创作互相结合，互相促进，平衡发展，共创双赢。

人体用两条腿直立走路，只有两腿平衡协调，才能站得稳，也才能走得远走得快。一高一低，一深一浅，一快一慢，一重一轻，被称作跛足，不光有碍观瞻，而且也走不远、走不快。科学发展亦然。

公祭

　　一年一度的清明节祭祀黄帝陵活动，渊源有自，影响广远，举世瞩目，意义重大。祭祀既恪守古礼，又具时代特色；祭祀人员的组成既有地方人士，又有中央特派首长，而且吸纳了各族各界精英及海外华人，同声同气，同心同德，敬祖追远，已成定制。此项活动对于继承本根俱足的华夏文化传统、凝聚全球华人的民族意识与家国情怀、反对分裂行径、实现祖国和平统一具有无可比拟的作用。因此，从汉代以来就有中央政府组织的祭祀活动，唐宋香火不断，明清祭祀更加规范。20 世纪以来，国共两党虽具体目标有异，但认同始祖，瓣香桥山，所谓同文同种，同褅致祭则一也，此即国共"九二共识"的历史文化基础。故党和国家领导人尤为重视，海内外华人热切关注，祭祀规格不断提高，媒体全程实况报道。清明祭祖，佳节思亲，黄陵典礼，公推正宗。黄陵桥山作为人文圣地、文化遗址，保护完好，活动正常，这不仅是陕西的幸事，而且也是包括各族人民在内的世界华人的幸事。

　　近年来，为促进旅游产业，拉动地方经济，其他一些省市也斥巨资修建传说中的黄帝活动遗迹，媒体宣传不断升温，活动规模不断扩大,由于一些中央领导及海外知名人士应邀参加,每次活动亦备受关注。各地受此影响,纷纷效仿,已扩大到对包括炎帝神农氏、尧、舜、禹在内的三皇五帝的祭祀,新建景点,新塑雕像,新设节日,兴师动众,吸引眼球。资金动辄过亿,雕塑高度或超过自由女神像,媒体追踪报道,网上蜚短流长,或认为真遗产未能切实抢救保护,假古董则被不断制造;或以为与其用有限的地方财力为圣贤造假像,不如为中小学修校舍、为贫困人口修廉租房;或以为这是新一轮政绩工程,其立项缺乏专家论证,其工程费用亦缺乏有效监督。有识之士对纷至沓来的乱认祖、泛祭祀现象纷纷摇头,海外人士及中央领导面对各种邀请亦感无所适从。

《左传》中说:"国之大事,在祀与戎。"我泱泱中华为礼仪之邦,典礼仪式丰富,而祭礼尤为重要,黄陵祭献,自古列于国家大典。程序规则,其来有自,标准等级,不容僭越。为使黄帝祭祀活动有章可依,有序可循,隆重庄严,统一规范,特提出以下建议:

一、建议由国务院办公厅或全国人大文教委员会牵头组织礼制专家、历史文化专家进行论证,对祭陵的渊源始末进行科学说明,对目前祭祀活动的过泛过乱现象提出整改意见。

二、建议祭祀活动应统一安排。自古以来,黄帝祭祀的时间、地点都有定制,近年来出现混乱,不仅造成人力、物力、财力的巨大浪费,而且令海内外华人无所适从,不是增强而是削弱了中华民族的凝聚力。建议祭祀活动由中央统一安排,定时定地定制,正常仅于清明、重阳等岁时举行,常年小祭,逢五、逢十之年份活动可适当扩大规模,隆重举行。

三、建议祭祀程序应规范。有些地方将读经、诵诗、舞蹈等表演性内容加入祭祀程序,表面上丰富了祭祀内容,实际上多昧于祖制,不伦不类。按黄帝时代,人文肇始,书契初创,经籍未见,诗文何有?故增加表演内容毫无历史依据,一味求新反失祭祀本义,缅怀追思沦为空谈,开拓创新演成花絮。故建议由中央制定相关祭祀管理办法,使国祭、公祭之礼有本可据,有规可循。

四、建议祭祀活动应分等级差别。黄帝为中华人文之祖,全球华人都有权利表达敬祖之情,各地利用传说之遗迹及文物举行活动亦无法禁绝。唯应由中央统一安排,在专家论证基础上形成国祭、公祭、私祭、大祭、小祭之等次。举凡国祭、公祭、大祭当在确凿可考之地隆重举行,至于私祭、小祭等,可任凭地方政府及民间人士自由举行,但于参加人数、活动规模、来宾等级则宜有所限制,以保证不僭越国祭、公祭的礼制。

国人喜欢说传统中国是"礼仪之邦"("仪"字另一作"义"),既然是礼仪之邦,就应该恪守包括祭礼在内的礼仪规范,"暴发户续家谱与野孩子认父亲"(钱锺书语),都不能算是规范的礼。在祭祀礼仪中,野祭、民祭、私祭与国祭、公祭应有所差等,区别对待,不能等量齐观。

　　　　　　　　　　　　　　　　　　　行水看云

问答录

李教授：

　　您好！

　　首先感谢您在百忙之中接受我的采访。

　　您作为中国古代文学方面的专家，我有以下几个问题请教您：

　　近日许多媒体诟病《百家讲坛》的原因，您认为是什么？有人说是学术太过娱乐化，也有人说缺乏节目形态创新，是栏目的定位，抑或其他客观原因？您认为《百家讲坛》衰落了吗？

　　如何看待大家的这种议论？

　　您认为《百家讲坛》应如何采取措施应对目前栏目的这种状况？其路在何方？

　　再次感谢！祝您工作顺意，身体健康！

宋嵩

2008.12.2

　　宋：近日许多媒体诟病《百家讲坛》的原因，您认为是什么？

有人说是学术太过娱乐化,也有人说缺乏节目形态创新,是栏目的定位,抑或其他客观原因? 您认为《百家讲坛》衰落了吗?

李:有些媒体把我对《百家讲坛》的观点简单化了。其实我认为对《百家讲坛》应三七开,成绩是主要的,特别是前期。我的批评主要针对后期,也就是刘心武登上《百家讲坛》后。这是个转折点,也是一次"变脸"。对它的前期节目,我从学术上是肯定的,比如霍金、杨振宁、李政道等,还有童庆炳、叶嘉莹、莫砺锋等名家做的节目,但对后期也就是"变脸"之后我有些批评。

有个很耐人寻味的现象,在我们圈内公认的优秀学者,比如叶嘉莹,学问、口才都好,在《百家讲坛》就火不起来。《百家讲坛》还请出了莫砺锋教授,莫先生在学识、口才、普及性与兴奋点上,都做得很好,还是中国宋代文学学会的会长,这么好的主讲人,却也没有大红大紫。

再比如傅佩荣,在台湾大学主攻哲学,有西学背景,也有旧学根底。他讲课我听过,有学理,有问题意识,无一句无出处,人又儒雅,口才也极佳。可惜的是,也没有被《百家讲坛》所重视。

《百家讲坛》虽然一直想推新人、新选题、新思路,但从传播学的原理来看,大众的兴奋期已过,不会再亢奋了,更不会再如痴如醉了。任何事物都有自己的起承转合,《百家讲坛》的黄金期过去了。现在无论谁出来,也不可能挽狂澜于既倒了。

行水看云

《百家讲坛》"变脸"后有些名不副实,不是"百家",只有"一家",即符合他们策划宗旨的一科一家。在节目中看不到哲学、美学、经济学、历史学、社会学、考古学、民族学、人类学、宗教学、军事学,更看不到自然科学诸科,也看不到各种风格各种流派的各科各国各地学者。久而久之,大家会腻烦的。

《百家讲坛》开风气之先,对于普及中国传统文化,有其独到的贡献,功不可没。但普及之后,就应着眼于提高。《百家讲坛》在第二步、第三步上没有迈出,故步自封。而凤凰卫视的《世纪大讲坛》、北京电视台的《名家讲坛》、山东电视台的《新杏坛》都弥补了《百家讲坛》的不足,《百家讲坛》再要变脸也为时已晚,会成为地方台的追逐者。

宋:如何看待大家的这种议论?

李:《百家讲坛》作为新闻事件的意义大于作为文化事件的意义。从新闻学角度看,这是一次成功的策划,可圈可点,可以作为新闻策划成功的一个教学案例。但从文化学角度看,意义并不大。过不了多久,大家会忘掉它,追逐更新的节目。

作为新闻媒体制造的新闻事件,他们应欢迎也应感谢大家的议论,也需要大家议论和批评。如果大家不议论了,不批评了,说明它彻底从人们的视野中消失了。

宋:您认为《百家讲坛》应如何采取措施应对目前栏目的这种状况?其路在何方?

李:《百家讲坛》应学习、借鉴国外优秀节目和各地优秀的谈话节目的经验,策划人要真正懂得何谓百科、何谓百家,要真正学会欣赏真学者真学问,并引导大众、提升大众,不要永远做大众的尾巴。要从大众当下需求中寻找兴奋点、寻找突破口。不要老是炒冷饭,在古董和古籍里寻找微言大义,不要老是把古籍与旧小说作为避风港与安全岛。

中国当下最迫切的不是普及古典文学知识,而是普及民主、正义、宪政、权利、义务这些公民社会的基本构件,还有如何救市,如何提振经济景气,又比如股市,比如楼市,比如经济危机,比如大学生就业,比如农民工返乡,比如两岸关系,比如教育公平,比如食品安全,比如信访,比如拆迁,比如生态环保,比如控制雾霾,减少 PM 2.5,等等。为什么对当下存在的如此多如此迫切的真问题策划人视而不见,满足于在通俗小说中找些伪问题,找些不急之务来喋喋不休呢?

《百家讲坛》已进入衰退时期,电视台真要吸引大众的话,应尽快痛下决心,弃旧图新,再推一档新栏目,再捧一批新的表演秀,再制造一个新闻事件吧。

(本文是就《百家讲坛》现象回答《人民日报》记者宋嵩的文字稿,刊载时删略太多,其他多家报刊引用转载我的观点或采访报道,多不准确,曾引起了一些不必要的误解。我无法逐一解释回答,录此原文以存真)

行水看云

文化症候

当下中国经济的发展被普遍看好,文化研究也被认为不断走高,且一浪高过一浪,形成许多热潮,出现许多兴奋点,新闻事件中有许多与文化相关的关键词,这些都被视为当代文化走向繁荣的标志。

我不敢苟同这些看法。我认为当下中国文化热中有许多病象,出现许多误区,一些热炒的命题是伪命题,真正的问题却又被遮蔽,甚至被删除,热闹中显露出浮躁,亢奋中隐含着虚亏。我将其撮要归纳为八大症候,这样的概括未必精准,但有必要提出来与真正关心中国文化命运的同行进行切磋讨论,以引起社会公众的警视。

症候之一是学者明星化。明星制本来是演艺圈、体育界从业人员的体制。不知从何时起,中国的学者也耐不住寂寞了,纷纷从书斋、课堂、实验室走向演播厅、新闻发布会、新产品推广会,其中不乏自然科学研究的学者,但尤以人文社科学者居多,似要与演艺娱乐圈的明星一较高低。严谨的学者也要不时爆料,抖出一些花絮甚至隐私,以吸引广大受众的眼球。令人发噱的是,有些高校及科研院所竟然将学者(教授)的出镜率、上新闻率也作为一项考核指标，与津贴及奖金挂钩。看来学者明星化不仅仅是一些学者个人的趣尚，而且还有学术机构的诱导，这是应该引起警觉的。

现代学术生产与大学教育体制，亦如现代工业流水线，在终端(前台)推销产品的，往往并不是产品的研发生产者，策划者、生产者一般都隐在后台，犹如在车展上，傍在新概念汽车旁作秀的美女其实是微不足道的小角色。但是在当下，学术文化生产中的奇怪现象竟是学者、教授都不甘心隐在后台做好自己的本职工作，都想跳到前台向大众作秀，与娱乐圈的明星抢镜头争版面，与职业主持人争饭碗。既如此，何不公开辞掉大学教职，堂堂正正应聘主持人职位，让出尸位素餐的教学研究岗位，缓解一下可怜的年轻人的就业压力？

据传钱锺书先生曾对研究《围城》的某国外学者说，既然鸡蛋好就专心品尝鸡蛋，何必一定要见下蛋的老母鸡呢？他婉言谢绝了这位要采访他的国外学者。时下的景观是不光下蛋母鸡要闪亮登场，对着镁光灯侃侃背诵准备好的台词，未下蛋的公鸡也会以特别嘉宾身份陪同出席，介绍产蛋过程以增加花絮。不会产蛋的母鸡也会把别的鸡所产的蛋拿出来，巧舌如簧，巧妙嫁接，使其变成自己的成果，气壮如牛地向大众展示。

具有反讽意味的是，在娱乐圈只有一线当红歌手才可能成为明星。但在学术界，学术超女、超男仅仅是二、三流学者，或者是根本没有做过专题研究的非圈内人。一旦跳槽到某某讲

　　　　　　　　　　　　　　　　　　行水看云

坛,变成知道分子,就能一夜之间红得发紫,风光无限,这确实给后来者指出了一条快速成名的终南捷径。

症候之二是学术娱乐化。学术生产有其自身的程序和规律,学术的普及推广也有它的规则。当下文化研究有一现象:在生产过程中重普及研究而轻专深研究,在推广传播过程中又重故事化、娱乐化而轻科学化、准确化。各种课题与项目指南,各种评奖、各种出版社与期刊社都看重所谓的重大课题、热点问题,各种通论、通史、全集、总集积案盈箱,充斥在书店、书库中,而专门冷僻的小题、难题却无人问津。专题、难题不解决,大型的通论、通史、全集如何深入、如何创新?国人习惯于视体量与数字的巨大为品质的伟大,此风古已有之,于今尤烈。

与此相关的是,媒体向大众灌输的是各种各样对文化的戏说、闲说、揭秘、解谜、曝光,大众从电视、电影、报纸、书刊上看到的是鸡零狗碎的历史碎屑与文化陈渣。红火热闹之后,大众仍对本民族的历史及文化缺乏一些最基本的理念与常识。试问,看了《夜宴》《无极》,听了"揭秘秦可卿"的讲座,能对我们的历史观、文学观的深化以及历史知识、文学知识的丰富有何助益?

症候之三是文化商业化。前几年甚嚣尘上的教育产业化,曾对高等教育的发展带来了负面影响,所幸现在已经偃旗息鼓了。近年来又有人热衷于宣扬文化商业化、产业化的理论,这些理论除了指明文化发展的方向,也为宣传者自己开辟了广大的市场。文化产品与工业(商业)产品有本质的区别,文化生产与商品生产也遵循着完全不同的规律。商业可以以市场为杠杆,可以追求利润的最大化,但文化则不能。有些文化产品已成遗产绝响,只能抢救保护;有些文化产品是原生态的、手工艺的;还有些是一次性的、不可再生的;还有些是全民族的共有财富,不属于哪个地区哪个部门专有,不适合进行垄断性的商业销售;有些遗址的整修与开发实际是最大的破坏,保存原貌、修旧如旧才是最好的保护。文化领域作为公共领域,文化产品作为精神产品,商业化、产业化的提法要慎之又慎。有学者已指出,对文化遗址遗产,过去我们因无知而粗暴破坏固然可悲,现在以开发保护之名行破坏之实,则是不可饶恕的!

症候之四是新旧对立化。中华民族是有悠久历史的民族,崇尚传统是其特色。20世纪以来,趋时逐新、追赶潮流成了时尚,而且将时间上的新与旧和政治上的革命与反动、科学上的正确与错误、伦理学上的美好与丑恶简单地画等号。似乎新的就是真的、善的、美的、革命的、先进的,旧的就是假的、恶的、丑的、反动的、落后的;进而甚至认为新与旧是永远对立、水火不容、你死我活的。这种对事物发展幼稚粗暴的看法,导致了政治领域、学术领域、社会生活领域无数荒诞悲惨现象的出现。要创造新文学就要将"封资修"的旧文学全部埋葬,要建设一个社会主义的新北京城,就要将封建社会遗留下的老北京城彻底摧毁。于是烧书、毁庙、拆城墙、拆牌楼、拆四合院,兴无灭资,

　　　　　　　　　　　　　　　行水看云

破旧立新,能代表历史名城老北京的文化遗存越来越少了。真遗产被破坏殆尽,再斥巨资修建假遗址。当年破坏时理直气壮,今天造假时仍然理由充分。

曾有内地家长送孩子到欧洲读书,看到欧洲城市、学校与住宿的古老陈旧,鄙夷地说还没有她家的楼现代、气派。有媒体正面报道某城市建设日新月异,连当地居民也在林立的楼群中迷路了,以此赞美某城市现代化步伐之快速。这种土豪暴发户心理的泛化与城市记忆的大面积消失,是值得国人自豪,还是让我们感到羞愧? 失忆的个体被视为病态,那么失去记忆的城市、失去记忆的民族又算什么呢?

症候之五是知行分裂化。中国传统文化注重实践理性,强调知行统一,对圣贤的嘉言懿行要求能践履实行。20世纪以来,能够做到知行统一者越来越少。学界、政界、商界的闻人达士,面对公众说的是一套,登载在报刊上的表态、汇报、检讨、检查、忏悔的文字是一套,实际上做的则是另一套。这是20世纪中国政治生活中最大、最重要的“潜规则”。大家对这一套规则心领神会、活学运用,违反这一游戏规则的就会被罚下场,淘汰出局。于是我们看到被查处的贪腐官员,在一系列表态活动中都敢高调汇报,都能顺利过关。直到东窗事发,回过头来才发现他们一直在说假话,被立案双规并非是因为说了假话,而是因为做了蠢事。林彪的“不说假话办不成大事”固然受到了历史的嘲弄,包括商家在内的国人的诚信问题有必要再次进行大讨论,不过重要的仍不是怎么说的问题,而是怎么做的问题。

症候之六是国学实用化。据说中国文化讲究中庸、恕道,但我们看到的现代文化的例子却是偏执极端。"五四"新文化运动的打倒孔家店及"文化大革命"的批孔运动,仍让人印象深刻、记忆犹新。政治文化舞台潜转暗换,很快旧戏落幕新戏开场了,当年批孔的急先锋,现在又成了倡导读经的大师。尊孔读经不断升温,经学、国学前景广大。有人甚至将国学提升到抵御西方文化侵略的唯一防线、医治现代化后遗症的唯一良方的高度。

此是非非彼是非,百年世事如棋局。争执、讨论了一百年,现在又回到起点上了。当下被炒得沸沸扬扬的国学,其内涵是什么?其外延包括什么?国学与传统的经学有何关系?国学与我们常说的文史哲又有何关系?国学与现代学术谱系中的人文学科是何关系?国学中是否有政治科学、法律科学、经济科学、自然科学的位置?国学在现代社会中的作用与价值究竟是什么?不一而足,并没有从学理上界定厘清。正如红学研究中,有一千个读者就有一千个林妹妹,当下文化研究中,有一千个国人就有可能对国学有一千种理解。今天的所谓国学颇类似审美文化中的"空筐"结构,国人可以把自己的各种想象、理解和感受都塞进去。

时下企业高管正在以极大的热情,缴纳巨额学费参加各类国学讲座及辅导班,但观其所学内容,不外乎《周易》与风水堪舆及预测、《三国演义》与市场营销企业管理之类。国人拜神佛是祈求神佛赐子送福,当下迷信国学也是想从中找到发财致富的门径。国学在现代社会中已历经沧桑、伤痕累累了,列位爱发财就好好去发财,爱成名就好好去成名,爱当官就好好去当官。再别拿国学当幌子了,饶了国学吧!

症候之七是科学神圣化。科学本是诸科之一,在 20 世纪的中国却成为凌驾于各种学术之上的学术宙斯。本来与科学毫不搭界的一些学术领域,纷纷为自己加上科学的后缀,涂上科学的油彩,以取得安全性与正确性。不仅语言学要靠拢科学,连气功、中医、藏医也要靠拢科学,甚至连宗教学、神学也要依傍科学才能生存。

以宣传科普出名的某权威在未作任何专题研究、未有任何实验室数据的情况下,竟敢武断地下结论:中医不科学,中医害死了×××。其实他自己早已背离了科学的基本精神。科学家永远只能是专家,只对自己深入研究的问题向大众公布结论。但在当下中国,不光人文社科知识分子想变成知道分子,就连自然科学的专家也想成为知道分子,他们敢于出席任何与他们专业根本不搭界的新闻发布会、新产品推广会、新成果鉴定会,不断地走穴,忙于发表看法,撰写评论文章。既然科学是万能的,科学家也就成了无所不知、无所不能的现代超人了。

症候之八是素养低层化。如果说在 20 世纪初,宣扬“劳工神圣”的理论还是从阶级成分上为劳苦大众的利益呼喊,那么

80 年代有人以"我是流氓我怕谁""千万别把我当人"向社会示威,就与经济和阶级出身无大关系了。

经过改革开放的三十年建设,国人经济上温饱、脱贫、小康的目标已大体实现,还有不少暴发户在物质上已腰缠百万贯,但距精神上的富有还相去甚远。或者说物质上虽脱贫,但精神上并未尊贵,甚至还是乞儿。

素养的低层化不仅表现在大众身上,就连许多文化教育界的精英也不例外。某著名主持人的"家父"笑话,某著名文化学者自己表扬自己撰写的碑文是"烟霞满纸",清华大学某校长不懂得隶书与篆体,中国人民大学某校长不知道"七月流火"为何典,却还要在大众面前显摆。泱泱大国的尊严体面何在? 历史古国的深厚文化积淀何在?

"没有科技的民族,一打就垮;没有文化的民族,不打自垮"(杨叔子语)。此言是否有点危言耸听,我们姑且不论。但是,当年轻一代不再懂得对联的平仄,不再懂得格律诗与骈体文,不再会用文言中典雅含蓄的辞令来表达庄重的意义,不再坚守富贵不淫、贫贱不移、威武不屈的人格精神,这是否也是非物质文化遗产的流失与灭绝呢? 与此同时,开着宝马车闯红灯,撞了人溜之大吉;穿着皮尔·卡丹随地吐痰,翻越交通栅栏;在国际航班商务舱中喝着红茶大声喧哗,粗话连篇。这些究竟是证明了我们经济的富有还是暴露出我们文化素养的低下?

文化研究中的病象、症候很多,本文只简单罗列了一些,谈点个人的看法,重要的不是解决问题,而是希望引起大家争鸣讨论的兴趣,抉发出我们文化中的真问题,开拓出我们文化发展的真前途。

(原刊《西安晚报》2007 年 7 月 2 日。时值老友李颖科兄主持报社编务,新设栏目《文化纵横》,邀我为栏目创办撰稿,遂有此文。文中所针对的也是就当时所存在现象而言,特说明)

屐痕点点

胃里的爱国主义

　　作别了东升的旭日和彩云,登上返西安的航班。机上早餐竟然还有一盒热气腾腾的白粥,心中一热,长时间对境外航空公司的不满,一下子被软化、被稀释,化成热气,蒸发得不见了。

　　人的胃真是贱骨头,所谓吃了人的嘴软,其实不是嘴软,是心软,化成了柔柔的棉花糖。记得几年前也是从境外回来,由虹桥机场入境,首先在候机楼餐厅要了一碗酸汤面,虽然像所有内地机场一样,食品价格高得离谱,机制挂面也委实不敢恭维,但毕竟是面条,是朝思暮想的酸汤面。人对食物的思念不是基于神圣的信仰,也不是亢奋的情感,而是从胃黏膜传导出的火辣辣的信息。据说胃黏膜是有选择和记忆功能的,儿时的嗜好,故乡的口味,是会被长久地积淀和保留下来的。

　　多年前在网上看到一篇《床上的爱国主义》的文章,乍看题目颇有些愤愤然。文中拉出李香君、赛金花、小凤仙、羊脂球等说事,还真让人感到上床不上床,与谁上床,并不仅仅是私情,还关乎爱国的大事体。而胃与爱国也还真有联系,这里有几条现成的硬材料。东吴人张翰见秋风起而思故乡的莼菜鲈鱼,辞了晋朝的官回家,是爱国兼爱乡。更早的伯夷、叔齐两兄弟,宁愿挖山中野菜也不肯食周粟,是爱国主义的经典文本。可以类比的还有朱自清教授不吃美国面粉,是爱国主义的现代版。生理上的胃黏膜蠕动与否,竟然与伦理学和政治学上的气节有了牵连,看来形而下与形而上不是绝对的,而是可以互相转化、辩证统一的。

胃的需求既然与爱国事体相关,所以饮食之事绝非小事。我们常把国家贫困形容为吃不饱穿不暖。“狗彘食人食而不知检,途有饿莩而不知发”,“朱门酒肉臭,路有冻死骨”,是人们从胃的角度对暴政的抨击。老话要新解,不光失节是大事,饿死人也是大事。于是,菜篮子、米袋子就成了关乎国计民生的重大工程,解决十三亿人的温饱问题也成了政府最引以为自豪的卓越贡献。这样看来,在鸡蛋中添苏丹红,在牛奶中加三聚氰胺,表面上是作践形而下的胃,实际上是仇视形而上的爱国主义。千里长堤,溃于蚁穴。这并不是危言耸听,上纲上线,确实是此中消息互通,密切相关。

弘扬爱国主义其实不必悬空抽象,让大家热爱家乡的一草一木,热爱故乡的一粥一饭,就是切切实实的爱国。韩国人为了让国民选购本国产的蔬菜水果等食品,到处张贴着“身土不二”的广告,爱国与商业促销共赢。

有人说,聪明的女人要勾住男人的心,先勾住男人的胃。

这话可以稍加扩大，要凝聚国民的爱国感情，首先要保障国民胃的健康、安全。

爱国主义，从胃做起。

（原刊《美文》2011 年第 11 期）

花叶与花果

下午经过太白校区紫藤园,数丛迎春花已摇曳起老暗的金黄,满树的玉兰临风飘动,静如雪片,轻若柳絮,翩翩落下,优雅十足,幽幽袭来的香气有些浓烈,令往来的行人微醺起来,更容易勾起很多想象。

"谁见过只开花的树呢?"

收入《怅望古今》中的一篇小文被选入《2006 中国最佳随笔》一书中,我有些沾沾自喜,有人敲打我时如是说。我不以为耻,由花联想到叶,又由叶联想到果,这个活色生香的比喻竟一下子引出了我的许多随想。

植物世界中的花大多美丽,大多重要,但花开的时间大多很短,而叶的生长期普遍较长。大多数植物是先萌叶,再吐花蕊,花落后叶仍长很长时间。故叶渴望、期待并迎接了花的出现,陪伴并分享着花的一生,凭着对花的甜美记忆,寂寞地生存了很久。

不光花有万紫千红,叶也有千姿百态,所谓世界上绝没有两片相同的叶子。什么叶衬什么花不是人为的安排,而是物竞天择后的佳配。我们常说青山绿水,装点山的固然是绿叶,铺垫在水下的藻类也是叶状的。所以也可以说,叶是自然界的常态,而花仅仅是生命瞬间的变相。

花有凌云志,叶是平常心。旧时文人想成就一番扭转乾坤的兼济大志,亦如女人想以自己的容貌事人一样,因此以花喻女人,以男女喻君臣就成了中国文化花喻中最重要的象征链条。无论是植物还是人物,想出类拔萃、跻身百花之列尚可理解,但要"花须连夜发,莫待晓风吹"(武则天),"我花开后百花杀","满城尽带黄金甲"(黄巢),让自然界只有一种颜色,只能一花独放,就畸变为植物界的霸道专制了。

"把吴钩看了,栏杆拍遍,无人会,登临意"(辛弃疾)与"天寒翠袖薄,日暮倚修竹"(杜甫),虽然是在两种迥然不同情境中的不同表达,但都含有一样的小心思,其实都有些太难为自己了。无人会、无人赏云云,还是把自己看作物品、商品,一定要找个识货的,卖个好价钱。所谓"学成文武艺,货与帝王家",在古代社会仕途狭窄,尚可理解;在现代社会再存此想,就未免有些自轻自贱了。

由花叶联想到花果也是一种思维的延伸。我曾把一个教师能写作比作一个女人能生孩子,虽然所生未必是龙姿凤态,但粉红色的肉体,稀疏的毳绒毛毛,毕竟也是母亲生殖能力的一种实证。对于教中文的教师而言,长期编教材、写讲义、做理论课题,会使生命偏枯。如无写作实践,对名作的审美体验也终隔一层。故须器识艺文双修,达到知能并进。这恐怕是好的文学教师的铁门限。

　　至于写得好坏,让自己评判反不宜客观。我视自己的文章如自己的孩子,既都喜欢,又都不满意。喜欢是因己所出,手心手背都是肉。不满是因对这些淘气包期望过高,虽不敢梦想神童天才,至少希望他们知书识礼,瞧瞧现在一个个灰眉土脸,还顽皮捣蛋,就气不打一处来。

　　"花自飘零水自流",其实从相对论来看,不光花是短暂的,叶也是短暂的,果最后也要落地。"空山无人,水流花开","落叶满空山,何处寻行迹"。花叶与花果都成了瞬间的幻念,现实的非非想。花随春去太匆匆,石火电光亦短暂。

　　万古长空,一朝风月。

　　那么,何处寻找永恒、见证永恒并感受永恒呢?

　　"一花一世界,一沙一恒河"。其实永恒不在彼岸,不在抽象。道在青青翠竹中,春在花、叶、果的形象中,永恒也就在朝露的晶莹中啊!

　　"君问穷通理,渔歌入浦深。"

　　大道轮回,我们又转回来了。

　　　　　　　　　　　　　　　　　　　　　　　行水看云

双飞翼

郭老师在书房中踱来踱去,像在教室一样,忽然扭过头来,很自得地对我说:"你知道吗,我仍然常常做梦,梦中又回到了少年时光,我跑得很快,快到双脚离地,竟然飞起来了。我常会在梦中飞起来。"

很多年过去了,我仍记得很真切,那是一个夏天的晚上,窗外的天幕上镶嵌着稀疏的星宿,幽光莹莹就像蓝宝石在闪耀,我们在暖色的灯下闲谈。我很惊异他有这样一个奇梦。

当时郭老师刚退休,他腿脚很好,整天像行脚僧一样,一会儿在张畔,一会儿在镇靖,一会儿跑到了西安,一会儿又移驾到天水。他一直闲不住,还多次说要帮我做点事。那时他还没有蓄长髯,迹近儒墨,整天忙忙碌碌,要为老学生解困释忧,还要为新学生授业解惑。蓄胡后飘飘然又是一派道家气象,但并非不食人间烟火,他仍然有梦。

历史时期的陕北三边其实是很蛮荒的。一直到我负笈离家时仍然很凄凉,那已是 1979 年了。我们这些自足的三边土著少年,对外部世界知道得很少,关心得更少。记得 1976 年打倒"四人帮"时的一个笑话,游行队伍跟着喊的口号是"打倒四帮人",队伍前面传来话说喊错了,更正成"打倒四人帮"。大家也没有多思考,附和的口号仍然义愤填膺,响彻云霄。

　　给封闭的三边不断带来新空气、新信息的是几批外来文化人。早期的传教士在小桥畔盖起了教堂,传来了基督教的福音。受"五四"新文化运动影响的知识分子和转战陕北的革命力量,对三边影响更大,除了政治体制上的翻天覆地外,把扫盲识字也变成了一场轰轰烈烈的文化运动,这种社会实践从后现代的眼光来看仍然可圈可点。除此之外,其实还有一大批迁徙来三边的文化人,没有引起学术界的注意。这就是从20世纪50年代一直到70年代下乡的知识青年,只不过三边地区分配来的外地知青很少,只有本地的小部分知青下乡到此。小说《我的遥远的清平湾》与电视剧《血色浪漫》中的北京知青,主要被分配在延安地区。对三边地区影响较大的是另外一种类型的下乡知识分子,那是从50年代后期一直延续到"文革"时期分配来工作的外地大学生。

　　那时中国大学教育还没有扩招,还是所谓精英教育时代。每届毕业的大学生很少,作为高端人才确实很金贵。为何把这些精英分配到偏僻落后的三边呢?除了国家的政策外,恐怕与这批人的家庭成分、个人言行有关。家庭成分如是地富,在校期间再有过一两句不合时宜的言论,甚至没有能积极投身当时各种轰轰烈烈的运动,都有可能被选中分配到边远落后的地区。

来到山秃水急、黄沙滚滚的三边,对那些风华正茂的外地大学生而言确实是精神和肉体的双重流放,但对三边土著子弟而言却是一件幸事。这批大学生绝大多数都被分配到刚刚成立的几所中学,有些还是这些学校创办时的见证人。

于是刚刚成立不久的定边中学、靖边中学,就师资力量而言,确实很雄厚。他们的学缘与地缘结构不光比同时期关中道学校合理,甚至与现在的陕北学校相比也更合理。柳宗元被贬永州、柳州,对他个人而言是不幸,但对衡湘以南的子弟而言却是件幸事,经他"口讲指画为文词者,悉有法度可观"。三边的几代父老恐怕都不会忘记曾在靖中执教的外来教师,像辛兴华、李笃志、郭延龄、杨正泉、黄海、张凤玲、石玉瑚、连奎、刘锦蕊、高振发、杜海燕……一长串名字。每个当年的家长或学生,或先做学生又做家长的三边人,都能讲出这些老师课堂上的风采,生活中的许多逸闻趣事。质木的三边人一讲到他们的这些老师,总是神采飞扬,情不自禁地有些夸饰,给每个老师都演绎出一些传说。譬如说某某课讲得多神奇,某某口音又是多古怪,某某在生活中又闹了多少笑话。说辛老师讲化学课从不打开教材,说连老师演数学题从不看学生,说郭老师不光会背所有的语文课文,连地图上出现的外国地名的形胜位置、物产矿产、人口数量也能脱口而出。

仅靖边中学一地十多年间就积聚了从全国各地来的几十位大学生从教,师资队伍堂堂正正,形成了一道独特的风景。

在郭老师榆林家中（右一为苏维君）

可惜随着改革开放，政策宽松，这批外来人才纷纷离开，一时风流云散。校园里再也听不到过去的南腔北调了，一哇声都是纯正的乡音。年前在西安的一次聚会中见到了久违的高振发老师，穿着打扮像个土气的煤老板，操一口醋溜的陕西话，让我感慨万端，在激动的同时，也不免有一丝失望。他不知道当年的那个西安交大高才生，虽然讲一口我们基本听不懂的上海话，但他与播音员妻子每天出双入对，在偏僻的张家畔就是一道靓丽的风景。在校园中，高老师也有一大群学生粉丝。这批外来人才的做派勾起学生们的无限遐想，有多少学生把他们的生活作为追逐的青春梦。高老师放飞了我们的梦想，但他自己却又回到现实中了。

与高老师的理工背景不同,郭老师浓厚的人文情怀使他与三边这块土地再也分割不开了。他也是少数未离开三边的外省人之一,在靖边娶妻生子,使他在弘传外来文化的过程中,自己也融入到草根文化中了。

郭老师喜欢向我们念叨,说他年轻时本想报考艺术院校,因家庭成分等等,未果。但他在长期语文教学的同时,并没有放弃艺术表演实践。元旦、春节和其他大型庆典时都能看到他的身影,他演出《十二把镰刀》《白毛女》《小保管上任》等保留节目时,那份专注敬业,那样神采飞扬,那种本色当行,恐怕已成为靖中教师中的绝响。在那个除了政治领袖没有艺术明星的年代,我们这些中学生对文化的"星梦"就是这样被奇妙地孕育着。

一个教师要有坚实的专业基础,能系统全面地传授相关专业的知识谱系,这是题中应有之义。但我认为这仅仅是一翼,还有另外一翼,就是带领学生去畅想、去想象、去憧憬,去领略外面五彩缤纷的广大世界。外地来的老师给我们靖边土著子弟插上了双飞翼,让我们去飞。郭老师则不光给我们安装了设备,他自己也情不自禁地和我们一起飞起来了。

(2008年6月18日地震后残稿追记,原刊《美文》2009年第1期)

访美散记

为了此次旅美活动能顺利,11 月 6 日晚上抵京,下榻在首都机场宾馆,条件虽一般,但较方便,约 15 分钟就可以走到候机大厅,不担心堵车误机等问题。晚上睡得较晚,但睡眠质量较好,前几天的困顿可稍缓解。早晨起来,群发了许多短信,导致手机短信发送功能出现故障,彻底不能工作了。未出去前就先和国内的朋友失去了短信联系。

骊歌

张炳蔚来送签证,卢燕新听说后执意要同来为我送行。他俩 11 点准时赶到宾馆大厅。办理完退房手续,师生三人便就近在宾馆餐厅餐叙。卢燕新和张炳蔚都争着要请客,所以我主动点了一些清淡的菜,还要了一瓶红星二锅头。卢燕新健谈且喜饮,张炳蔚言语俭啬,所以整个中午卢燕新话最多。

席间说及研究生培养,我因做导师较晚,1998 年始招第一届学生,迄今只带了六届硕士生。但已毕业的硕士生都广有成就。何建军在美国俄勒冈大学获博士学位并留美任教授,邵之

行水看云

茜、窦春蕾已获评教授,张炳蔚、田苗分别在京、沪深造获博士学位,卢燕新从傅先生读完博士应聘到了南开,张炳蔚博士后出站留在北师大任教,郭丽从南开毕业后应聘在首都师大任教。在读的多位硕士生也都极有潜力,学术状态非常好。得天下英才而教育之,能不断与这些充满朝气的新秀砥砺切磋,教学相长,也是人生的一件幸事。

卢燕新谓我访问回来还要来迎接,被我坚拒。年轻人正在成长,不要过多打扰,也不应过多向学生索求。师友中有些人这方面为人诟病,我应尽量避免。

燕新、炳蔚一直送到国际厅出发安检处,我过了海关,他们仍在挥手致意,别情依依。

语言标识

外出做访客时间久了,就对那种简单空洞的中外比较很不以为然。总的来说,日、韩、美等国的服务态度均不错,整体水平高于国内。但又不能一概而论,其间又有许多有趣的差别。在我的印象中,日、韩、中宜于做客,多为客人想得周到;美国则宜于家居,对国内人想得多,对国外人考虑得少。

常说国际化的一个标志就是多种语言的交流,日、韩都考虑到这点,中国的北京奥运会更是发挥到极致。无论是商店、宾馆、机场,还是出租车上、飞机上,都有双语或多种语言服务。

美国除了在海关有简单的外语服务和提示外，极少考虑到外国人。此次乘坐美国大陆航空公司的班机，还有汉语，而 2006 年第一次赴美，几乎未遇到讲说或书写中文者，当然其他语种的也很少。上次在底特律见有韩语标识，感到很纳闷，凭什么有韩语而无汉语？友人说韩国的公司在美有很大的势力，此次在纽约纽瓦克机场再次见到三星的广告及手机充电柜台，始信此言非虚。看来文化的传播首先要建立在经济扩张的基础上。

在纽瓦克机场转伊萨卡的候机厅墙壁上有两幅招贴画，一幅是西班牙歌舞，一幅是中国长城。倍感亲切，我们做了很多努力，人家认同的仍是中国两千多年前的长城。

要想被别人关注，留下印迹，还是要做强大，做持久。

911 房间

7 日晚 10:40，准时抵达康奈尔大学所在的伊萨卡市，虽然旅途辛苦，但各个环节还较顺利，出发前李捷理会长就说美国习惯上是不接机的，对我是个特例。下机后不久会务组派康大图书馆的吴宪先生来接机，除我之外，还有几位华裔美国学者。吴先生话不多，但考虑很细致，将我送到 Hilton Garden Inn，安置好后，始离去。宾馆给的房间号是 911，吴先生笑了一下，我本想让换一个房号，但迟疑了一下，还是没有说出口。

我对数字比较在意，趋吉避凶，也是人之常情。在出行乘机时对一些号码尽量回避,但此数字未考虑到。美国人是自己淡忘了呢,还是以为别国人不在意这个数字? 或许是因我抵达太晚没有其他空的房间。总之,这个数字令我联想许多。好在美国人似忙于应付当前的"金融911",对前面的事稍淡些。入关检查时也可以看出,2006 年抵达底特律,海关的盘查、安检的琐细令人不舒服,此次在纽瓦克过关时就简单多了。但是加了一项农业专项检查,据说是对来自中国的航班检查最严,其他国家来的航班可以免检。

结果给儿子带的两大包方便面、一袋鸵鸟肉粒被查没收,一瓶四川老干妈香辣酱因瓶破也被扣住。防止某些产品流入是对的,但真的需要这样苛细吗? 中国的食品真的像恐怖主义者的人肉炸弹那样可怕吗? 出了毒饺子、三鹿奶粉事件,可并不是所有的中国食品甚至所有的 Made in China 都有问题呀? 美国人是否有些打击面太宽了,并且殃及这些无辜的旅客?

丁香女士

前一段时间博士生答辩,傅璇琮先生曾转送一册美国学者编的《唐学报》(*T'ang Studies*),只记得其中索引部分提及我的《唐代园林别业考录》。旅行前再翻书,发现该刊竟是由我此次参加 ACPSS 会议承办方的康奈尔大学主办,因行色匆匆,诸事要处理,竟没时间与该刊编辑部联系访谈事。无巧不成书,该刊执行编辑丁香女士，就是康奈尔大学东亚研究中心主任，而该中心也是此次会议承办方之一，丁香女士在开幕式上还有致辞。所以，我利用晚上酒会开始前的时间，将这段缘由略述，表示中国唐代文学学会愿意同《唐学报》及康奈尔大学东亚研究中心建立合作关系，互相交换刊物，互相邀请参加国际学术会议，联合申报或主持合作研究项目，她表示赞同。几年来，与日本的交流几乎全部是在古代文学专业之内，第一次赴美参加ACPSS的会议，感到学术范围太宽泛，从事中国现当代研究的太多，而真正从事古代文学或唐代研究者太少，无法进入一个有深度的对话层次。此次与《唐学报》及美国唐研究学会建立联系应是访问的成果之一。又，她的英文名字 Ding Xiang Warner，不知该如何称呼。看到名片上的中文名字，径称丁香，简洁而颇有韵味。

纪念堂

都说美国是崇尚实用的民族，并不侈谈精神的东西，我在艾奥瓦州立大学的体验和感受，对这种看法是一个极好的矫正。

抵艾城(中国留学生喜欢把学校所在地的 Ames City 叫艾城)后，儿子帮我联系的下榻处是学校的 Memorial Union，这是一个集纪念与学术会议、小型超市、书店、餐饮为一体的多功能建筑。住宿的条件虽然比外面的宾馆、酒店简易一些，想来儿子是希望我进出学校便利一些，他往来探视也近一些。

该建筑的主厅是在地面一楼的主通道处，厅两旁镌刻着多次战争中参战及阵亡的该州人士，分别列在第一次世界大战、第二次世界大战、朝鲜战争、越南战争、索马里战争的名称下，似乎前三次人最多，索马里战争人最少。

把纪念性仪式与日常生活交融起来，似乎是这一建筑的第一大创意。设计者没有另辟一地安置纪念先贤，而是与师生的教学娱乐融为一体，表面上是为了实用，实际上将战争与和平、爱国与献身、瞻仰与怀念等精神性、神圣性的内容日常化。纪念厅没有另辟一地而是一地多用，没有专设一封闭性空间而是置于人来人往的通道上，这样时时提醒人们，千万不要忘记英烈。这一构想与中国民间将祠堂、祖宗牌位置于居住处有些类似。设若将这一纪念场所专门辟地，师生不可能天天去参拜，一年之间最多安排一个时间作为纪念日，而其余时间则无人问津，那样的话该场所肯定会冷落而无人气，不仅造成了空间的浪费，而且造成了历史与现实的严重隔膜，如有人讽刺国人仅在 3 月 5 日一天学雷锋、3 月 8 日一天保护妇女权益、重阳节一天敬老、9 月 10 日一天尊师一样，做做样子而已，形式大于内容。

全州性的纪念活动，理应放在省城所在的得梅因，或由省市方面出面辟一公共场所，却让一所大学抢先，置于自己校园内,这也是校方可圈可点的创意。我看到在规定的每周二纪念日,由全省各地来瞻仰、参观的人络绎不绝,还有一些耄耋之年的老者,互相搀扶着前来瞻仰、拍照,有些可能是往事的亲历者,身着盛装,挂满徽章。作为幸存者,抚今追昔,他们可能有更丰富、更深刻的感触吧。

国内也一直倡导高校要为地方社会经济的发展服务,苦于找不到合适的项目,而学校为了引起社会公众的注意,不惜仿效商家做广告,甚至不惜拉一些演艺明星来作秀或兼教授以制造舆论,结果适得其反,越发让大众轻贱大学。如果西安某学校将西安或陕西在辛亥革命以来的英烈都设堂纪念,三秦子弟肯定会纷至沓来,缅怀纪念,访旧寻古,爱国主义、传统教育也会活化在日常生活中,宣传学校的用意也自然而然地达成了,不至于像现在这样,斥巨资在大报上打那些商业气味十足的广告了。

儿子

此行旅美,想起办理签证手续繁杂,旅途劳顿,几次想放弃,但最后还是成行了。一个主要原因是想顺便看一下儿子,五月份一拿到邀请函就将消息告知了他,他多次询问办理的进度,不断念叨,不想让他失望,也想证明做父亲的是信守诺言的,那就只能委屈自己了。

在伊萨卡(绮色佳)时,他就在电话中嚷着说最近很忙,期中考试要考的课很多,正常的课还要照常上,可能没有时间陪我,甚至不一定有时间来接我。我没想到自己还没老已成了多余的人,来看他反倒是打扰他了,真是岂有此理!

我主动说我不要他陪,可以自己打车去艾城,只要他帮我订好旅馆就行了,他说他的公寓里有一张捡来的大床,让我和他住一块儿,我说虽然是亲父子,但两个大男人挤一张床的事我不干。

他和他同学来机场接我,他说自己也快一周未回宿舍了,因学校与住地晚上10点后就没有公交车了,为了省时间,他每天学到凌晨一两点,就在教室的沙发上躺一会儿,好多天如此,连洗漱用具都随身带着。在宿舍时吃饭不便,每天正经吃不上一顿饭,整天泡方便面。美国的方便面虽便宜,一美金买十包,并不好吃,故希望从中国带一些。我这次带的方便面,在纽瓦克机场全部被安检没收,他感到很惋惜。

儿子在很多方面继承了他母亲的习惯,小账算得很精明,舍不得乱花钱。暑假回来,我懒得做饭,请他吃川菜,刚好家门口不远有国力仁和川菜馆,两人聊天走到门口,他死活不进去,说我是工薪阶层,自己家的人吃饭不要扎势,他执意要到门口的一个大排档吃,认为那家的菜就不错了。我嘴上虽嘲笑他啬皮,心里还是很高兴的。他在艾城生活很节俭,花销上很会算计。他爱臭美,喜欢买衣服,但也只是买一些时尚的休闲服,正装之类基本没有,衣橱里全是不同牌子的 T 恤和牛仔服。

儿子学得很苦很累,他说每周只有一个下午放松打打球。大多数课程初见成效,成绩大多是 A＋或 A－,成绩上去了,对他激励很大。但如努力后成绩仍没有上去,就感到很沮丧,心情不好。我说他赢得起输不起。他的心理素质不是特别好,考试虽很多,且整体不错,但每次都紧张,一紧张就容易出错,一出错就又情绪不好,形成了多米诺骨牌效应。

回过头来看,他现在的状态要比高中阶段好多了。高三是他的滑铁卢。高中以前不错,乖巧听话,人见人夸。上川大后,慢慢开始懂道理了。送到美国留学,是对是错,我也不敢肯定,就目前状态而言,还是不错的。他以后还会遇到许多问题,父母无法包办一辈子,不放手也得放手,就让他自己碰撞去吧。如果跌倒了,他自己爬起来再走吧,没有人会永远搀扶他的。

儿子长大了,过马路拉着我,嘱咐我这样那样,唠唠叨叨。在他的眼里,我倒成了需要他照顾的小孩儿了。

东京书缘

11 月 20 日

早上 4：50 即起床。因与送站的朋友说定要他 5：50 到楼下接，所以很早起来，匆忙收拾了一下行囊。

这次赴日心情平静，各个环节也都有条不紊。到机场始 6：35，办完登机卡，耐心等待王维坤教授。

飞机虽然在上海经停换机，但因与王教授同行，边聊边走，没有感觉已抵达日本成田机场。

土屋昌明先生和福岛大我君在机场外迎候。几年未见土屋兄了，看他精神如初，只是头发略有些稀疏。

由土屋带领先到专修大学神保町校区的会场看了一下，然后等松原朗、丸井宪两位下课后，一并将明天会议的一些问题讨论了一下。

松原兄更消瘦了，我说他有魏晋人风度。丸井宪担任我会议期间的翻译，邮件联系了几次，以为是小伙子，孰料头发已花白。1962 年出生的北大博士，看起来比我更沧桑。

晚上土屋请大家在学校附近的中餐馆聚餐,饭馆名叫源来酒家,据说是旅日第二代宁波人开的菜馆,虽是日式宁波菜,但我吃得有滋有味。从机场免税店带了两瓶北京二锅头,饭馆不让喝。只好喝他们店里的绍兴老酒。

下榻的 Hotel Villa Fontaine,据说是一家法式宾馆。这一块属半藏门神保町,毗邻九段下,是东京都的中心地段,距专修大学神田校区只有一步之遥,晚上和清晨都很幽静。早上拉开窗帘,一缕强烈的阳光从对面住友不动产大厦的玻璃上反射过来,刺目得让人有些眩晕。

11 月 21 日

早上 9:20 专修大学派伊集院叶子女士在宾馆门口迎候。公开报告会在专大神田校区法学院大楼上。第一天的报告有四位,上午是国学院大学的铃木靖民教授,综论遣唐使与东亚史研究,九州大学的滨田耕策教授专论《新罗的遣唐使和留学生》,下午是国学院的酒寄雅志谈《渤海的遣唐使》,东洋大学的森公章讲《遣隋、遣唐留学者的相关问题》。几位都是该领域的实力派学者,相关研究成果很多。中午连吃饭带休息仅一小时,吃的便当还是凉的。松原兄忙中偷闲,带我去了一趟山本书店,也就是研文出版的专门书店。现在始知,在日本,出版社与书店往往是一条龙,甚至是一个老板。惜山本老板不在,我则见缝插针,挑了不少专业书。

晚上由荒木校长、矢野部长陪同在附近的一个西班牙餐馆就餐。荒木很有领导才能,他要把每个客人都照顾到,故餐叙中不停地让来宾讲话,也点了我的名。我讲了一些客套话,由张渭涛君帮助翻译。

11 月 22 日

早上起得较早。头天晚上本有充足的时间,但有关演讲内容和 PPT 就是不想看,在网上逗留了太久。早上将演讲内容浏览一遍,似无大问题,突然发现照片打不开,才有些慌乱。王维坤催叫出发,匆匆赶去,会场上的电脑与我的文件不兼容,故临时决定用自己的电脑。

王维坤是上午第一位演讲者,我是第二位。演讲一小时,除去翻译,也就仅有半小时。我将有关唐代中外交流的文物照片逐一展示,出现阿倍仲麻吕纪念碑、空海纪念碑时,听众兴奋得叫出声来。演讲内容尚清晰,重点还算突出,时间把握也还可以,没有超时。

下午分别是土屋昌明和东京大学的田岛公先生演讲。依惯例,演讲结束后专门要留出一个半小时讨论。听众可以事先写条子提问,也可以现场询问。休息时司会的人通过翻译丸井宪转过来一个条子,竟然是东京大学荣休教授、东洋史学家池田温先生听讲后的评论,老先生一方面认为选题有意义,观点

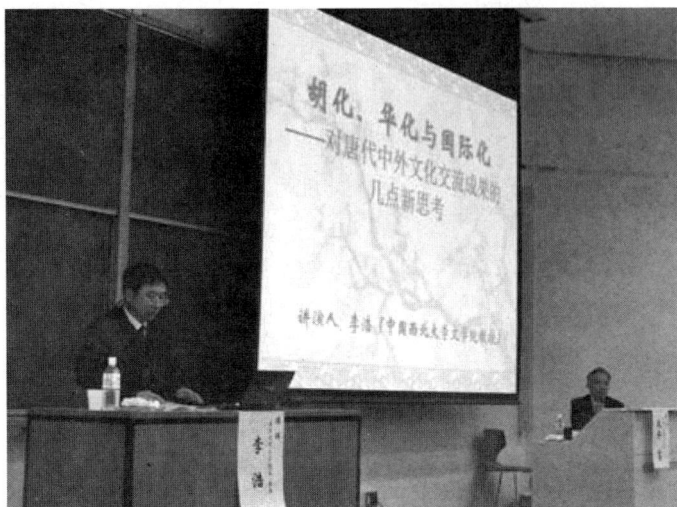

在专修大学的演讲会上（右一为翻译丸井宪博士）

也很好,同时也指出文字稿打印的两个英文人名、地名拼写有误,并指出翻译丸井宪将袄教之"袄"发音读错了。著名东洋史专家出席这样针对大众的讲演,而且听得那样认真,令我肃然起敬。想起今年前半年我在香港城市大学公开演讲时,竟然发现浸会大学荣休教授、香港资深唐代文学专家邝健行先生也坐在听众席上,大受感动。听众中还有人就中世纪国际交流的中心、周边与边缘化问题提问。我作了较具体全面的阐发。

我认为从世界史角度看,中世或中古时期应有三个文明中心,也可以说两个中心中间夹一个过渡带,三个文明中心分别是基督教文明、伊斯兰文明和佛教儒家文明,地域中心分别是君士坦丁堡(伊斯坦布尔)、麦加和长安。当然三个文明有地域

行水看云

上的迁移和时间上的先后，并不是同时并列的。三个文明之间不断有互动，故引发世界包括东亚的许多大变局的出现。如能从当时的世界格局看东亚，从东亚关系看唐代的中心，将会更加允当全面，也才能发现一些新的面相。

晚上餐叙由矢野建一部长主持，地点是一家意大利餐厅。矢野又让参会者特别是今天发言的人讲话。印象中东大的田岛公讲得特别多，不停地强调他目前做的资料搜集工作很辛苦，每天在室温只有五度的书库查阅、搜集资料。矢野先生又让我讲，我讲了两个意思：一是日本学者将课题专门研究的阶段性成果适时向公众公布，并让大家参与讨论，形式很好。二是每次餐叙没有像中国学术会议餐桌上讲段子，而是将会间的话题继续引向深入，这点也很好。唐代时期日本学者将中国的先进文化带回日本，今天我也会将日本学界的这一好的做法带回西安，并广泛传播。

在下榻的宾馆，王维坤对张渭涛君的下一步发展提出了很好的建议。我也说了两句，后来又建议他利用自己的优势，可以给国内杂志报纸写点介绍日本文化的文章，多练练笔，同时也扩大自己的影响。希望他未来能发展得更好。

11月23日

上午由张渭涛陪同逛书店。神保町附近有许多日本有名的出版社和书店，岩波、集英、文艺春秋等一些如雷贯耳的名字，像扎堆一样,麋集在这里。日本书店与出版社大多是一体的,鲁迅笔下的内山完造先生应不仅仅是售书的,同时也应是编辑和出版家。

不巧的是,今天是日本的劳动节,有许多书店未开门。我们先去皇宫附近走了走,转过来又在书店里淘书,我发现了不少好书。先选了一册《中国西域经济史》,价格特别便宜。记得曾读过一位国内学者写在神保町淘书的情景,颇令人神往。今天亲历其境,确实与北京的琉璃厂可有一比。

下午去驹泽大学。盐旗先生专门安排去校图书馆看该校所藏禅籍善本。学校由禅宗曹洞宗出资,加之历史悠久,收藏了不少有价值的禅籍版本。

参加驹泽大学的汉语课(后排左二为盐旗伸一郎教授、前排右一为张渭涛君)

可能是盐旗特意交代过，故图书馆善本部特别照顾，我调看了多种典籍，他们都一一呈来。其中管理员还特别指出，有一个《正法眼藏》的版本是前几年收藏的，买书的经费可以买一栋楼，让我感慨不已。

从图书馆出来，又去了该校展示日本文化的一个校区。这个校区据说是上次金融危机时一家大公司出售的，中有日本式的庭院、茶室。在喧闹的东京市中心，这个园子显得特别幽寂，抬头还能看到皎洁的月亮，惜时间太晚，一切都影影绰绰。

晚上在一家日式餐馆吃日式烤肉，喝日本清酒。因会议已经结束，心情较放松，故晚餐很开心。

盐旗提及日本年轻一代独生子女做父母后，多不愿生育，造成日本大学生源锐减，招不到学生的学校面临倒闭。张渭涛则提及日本的老师每周要免费给学生补课，还要经常请学生吃饭。学生人数本来就少，如都不选某老师的课，老师就无课时，学校不会白养人，故老师也面临失业之虞。对国内的教育机构和教师来说，这些话题似有些遥远，但要有危机感，要居安思危。目前国内虽没有类似问题，焉知五年、十年后不会遇到类似的情况？

11 月 24 日

上午在宾馆休息。又独自去了一趟神保町书店街，淘了几本书。下午 3:00 盐旗教授派学生接到驹泽大学，接着参观禅文化展示馆。因昨天闭馆早，没有赶上看。看了展览，对禅宗流传日本的过程有了大概了解，临济、曹洞、黄檗三宗在日本皆有法乳，现状是曹洞最盛，临济次之，黄檗已衰微矣。驹泽大学是曹洞宗资助支持的学校，过去财力一直很雄厚，2008年金融危机中，该校将超过校产总额的资金投入高风险的投资中，不但未获高回报，连学校全部变卖也不够还账。故学校目前不断缩减教职工工资，教职工怨声载道，但又无可奈何。据渭涛介绍，驹泽大学的教职工工会力量很大，其中又有日共的支持，盐旗先生也是日共党员，而且还是基层干部。面对金融危机下学校财政日蹙的局面，他们也无可奈何。

在神保町书店街淘书

下午 5:00，应邀参加盐旗老师给本科生开的一个汉语课。学生人数虽少，但看得出他们是认真准备过了。我走到教室，见黑板上用彩色粉笔写了"欢迎李院长"几个大字，旁边还画有鞭炮、熊猫、倒福、爱心符号、穿旗袍的女孩，充满了中国元素，也增添了欢迎的气氛，让我很感动。

晚上盐旗特地带我到神奈川县的馆子吃海鲜，环境类似中国的农家乐，颇有和式情调。盐旗夫人久保女士、土屋也来作陪，我们喝了多种清酒。据说饭馆老板与当地农民、渔民和酒厂签有协议，所有的东西都是为该店专供直送的。店面极狭小，都是回头客、老主顾，生意颇盛。连续两个晚上，清酒让人有些微醺，话也有些多。敬酒时还提及盐旗的日共身份，他似乎不愿多回应。

11 月 25 日

早上将给樟叶《晚春》讨论会的书面发言稿电邮发给刘晓哲。晚上询问晓哲，才知将会议时间记错。原以为是 26 日开，问后始知 25 日已开，但无论如何，我还是恪守信用的，交了发言稿。

上午 10:00 内山先生来到宾馆，一并去山本书店，与老板山本实见面，谈到购书、寄书等事宜。与他说及介绍、翻译中国作品，他说他们是小社，每年仅能出版十多种书，首先要保证出版日本学者的成果，中国学者的书不好选，也不容易找到好的翻译，故没有扩大之意。

搭地铁到早稻田大学。无巧不成书，复旦的陈广宏兄也在早大客座，故内山一并约上，在早大一个叫西北风的餐厅吃中饭。他们解释说早大在原东京西北方，故名。但又关合了我这个从中国西北来的访客，颇恰切。中饭后由广宏兄和江苏教育学院的一位郑教授(据说也是复旦中文系的博士)陪同去早大中央图书馆参观。因文学部在另一个校区，故早大中央图书馆有关中国文学的书也不是特别丰富。以中文书而言，如加上港、澳、台出版的书籍，数量品种固然不少，但仅就所收藏的大陆书籍而言，并不是很齐全的。

在早稻田大学文学部与研究生座谈(左一为松原朗教授、左二为内山精也教授、右二为陈广宏教授)

早大图书馆的各种文库却很有意思。早大已故教授或校友将所藏书捐给图书馆,图书馆将其设专柜收藏,这样就有许多文库。听说早大教授买书自己不掏腰包,所买书都可以在图书馆报账,退休或去世后再交回图书馆。因教授都是各科专家,故他们挑选书的眼光比较刁,学术质量也能有保证。

随后又参观了一个演剧博物馆,还在细川文库看了作为特展的黄庭坚《伏波祠诗卷》书法真迹。5:00 准时赶到早大文学部,应邀给内山所带的研究生介绍自己学术研究的近况。围绕士族、园林、古今打通三端进行发挥,还提到了为地方社会文化服务。因未专门准备,略显零散,但还算自然。讲到最后话头收不住,竟忘了晚上活动的时间。

晚上 7 点多始赶到专修大学活动地点。渭涛发现松原先生等都着正装,提醒我也换一下衣服。从宾馆匆忙赶到会场,气喘吁吁,开门发现大家都已到,在大厅的两侧正襟危坐,一下子觉得有点不好意思。坐定才发现荒木副校长、矢野部长也到了,更没想到的是他们把池田温老先生也请来了,我赶快过去向池田先生打招呼。周日下午会议结束时就拟向老先生致意感谢,发现他已离开会场,司会的饭尾秀幸教授追着去送行,还特地提及我要拜见他。有这样的铺垫,所以老先生很客气,特意将一册法文版的有关敦煌研究的论文集和三册他参与编辑的《唐代史研究》赠我,说了些鼓励的话。我邀他再次访问西安,他提及和胡戟先生很熟。

出版座谈会(他们都戏称是"首发式"酒会)开始,活动由前川亨主持,矢野部长先围绕两校交流讲了一番,土屋具体介绍了交流的过程,用他的话说已经历了十年,他还特意提及第一次我组织三十多人与会,第二次去西安文物库房和在西大博物馆发现井真成墓志的细节,亏他记得这么详细。原参访团的小山利彦教授也讲了话。松原介绍了翻译的过程,说学科跨度大有难度,注释太多也不容易译,时间又紧,但他们克服了种种困难,完成了日译工作。

轮到我说了,感觉有点窘迫,尽力让自己平静。近十年走南闯北,脸皮也练厚了,基本还能控场,但偶尔也会紧张。我先

与池田温先生合影

与日译本著作译者合影(左一为石村贵博先生、左二为松原朗先生、右一为山田智先生)

解释来晚了是因大家很重视今天的活动,故我也不能太失礼,专门换了衣服以示敬重。接着从中国读书人之两大喜事说起,洞房花烛,金榜题名。此刻我犹如穷秀才题名,成了晚会上的明星。我知道不是因学术,而是因友情,大家将对西大的友情报答在我身上。故今后我将继续为两校交流献绵薄之力。脑子中一边措辞一边讲,似有些不流畅,但感受颇真挚。

接着还请池田温先生讲了话。另两位翻译石村贵博、山田智也分别讲了话。最后还请研文出版的代表讲了几句。

活动持续到9点多,程序应该都完成了。依日本的惯例,据说部分人下来还要喝第二场酒。我陪内山兄与广宏兄提前离开,他们执意送我到宾馆门口。承蒙两位来捧场,还有水谷诚先生也远道而来,真让我有些激动。回到宾馆,想到此次访日多受照拂,特别是今晚的活动如此隆重热烈,让我有些忐忑不安,想了很久始入睡。

11 月 26 日

松原先生 10:00 准时赶到宾馆,两次赴日都承蒙他送行,真有些不好意思。

去机场的路上,我一边和松原聊,一边琢磨。发现松原与土屋两人的性格很有趣。松原含蓄内敛,专注而不声张,有儒者的雍容气象。土屋热情豪放,兴趣广泛,喜欢涉猎各个领域,迹近道家的天真恣肆。

航班晚点一个多小时,恰好留出时间将所带相关文献、论文浏览阅读一番。早上收拾打包,有些资料丢了可惜,带上又超重。刚好再翻阅一遍,看后顺手放入废品箱,这样也减轻了行李重量。

航班比原时间晚到上海,中转又折腾了大半天,但还算顺利,虽推迟一个多小时抵西安,无惊无险。听说最近国内多个城市有雾霾,飞机无法起落,这样看来,我还算幸运。更重要的是,短短六天淘了那么多书,拜会了那么多的旧雨新知,经历了那么多让人永久难忘的事。前后三次赴日,此次算是成果最丰的一次。

行水看云

黄村碎事

在京郊黄村生活了三个月，看着色彩从枯黄到斑斓，体会着肤觉从寒冷到炎热，慢慢开始熟悉并有些喜欢起这个小镇了，不意竟到了该离别的日子，才觉得有许多话要说。赵琳、朱军、老潘等几位是用照片画面、视频镜头清晰记录了许多刹那、许多片断。我不擅长拍摄，随身带的数码相机几乎没有派上用场，甚至没有用自己的相机在杏坛等景点留个纪念。临行前，趁记忆尚鲜活，用文字抢着打捞一些逝去的时光，定格几个富有包孕的片刻。新闻摄影术语叫抢拍、抓拍，我做的则是抢救记忆。程艺老大姐说这三个月足够她用后半生来回忆。我也会通过这些文字来体味这不同寻常的三个月。

代号 33

结业联欢晚会（准确地说，应该是 5 月 27 日下午的联欢会，或午后聚会）上，一班的三句半节目中说，以后见面或打电话彼此叫不出对方的名字时，可以对暗号：你是 33 期吗？

按照教育部中青干部培训班的顺序，从 1987 年伊始，依次排下来的这一期是第 33 期。有人说"33"这个数字挺神奇。我们是 33 期，是从 3 月 1 日开班的，到 5 月底历时三个月，共有 131 名学员，外出综合考察又分为川渝、齐鲁、八桂三条线路。我们留给学校的是一棵水杉树，杉的读音也与三相近。我因要转到京郊蟹岛度假村参加中华诗词学会的年会，30 日才离开学校……我不是特别相信数字魔咒之类的灵异，但 3 和 3 的倍数都应该是吉利数字。

记得因事耽搁，我晚了一天报到，没有随二班住宿，开学晚会也没赶上，外出考察又没参加，本来识记名字的能力就差，好不容易才把二班的同学认全了，其他各班的人真有好多叫不起名字来。不过，面孔还是很熟悉，楼道上餐厅中遇到，绝不会与校长班、局长班或思政骨干教师班的学员混淆。王振民班长曾形象地说我们就是学院投放到教育之海中的鱼苗。在今后茫茫人海中，我只能依赖"33"这个共同代码与大家联系，寻觅天各一方的那些不再年少的同学。

二班

这一期学员共一百多人，编成六个小班，我所在的是第二小班。据说开始叫小组，后来改称小班，现在径称班了。我是二班中倒数第二报到的，塔里木大学的姚江河可能是最后报到的。我刚到时发现大家彼此很熟稔，也很亲热。我晚到陌生，也不习惯与人过分亲热,加之没有和二班的住一块儿,除上课和讨论在一块儿外,和大家很长时间都有距离感。几次喝酒看到大家那样豪爽率真,唱歌又那样忘形投入,讨论发言也多是满肚皮的不合时宜,开始还拿捏,说不了几句就把大实话倒出来了,让我也解除了戒备,敞开了心扉。综合考察结束,我忙完单位事匆匆赶回学院,打开房门,存放在办公室的六七件东西都已整齐地放在我的房中。我原以为是服务员干的,后来始知是先返校的老惠等人帮着逐一搬运的,让我的心热了起来。

除了每个课题小组安排的一次聚会外,京津冀地区的同学还就近做地主,邀大家去他们学校访问。曹林安排了戏曲学院

二班(部分)同学合影

之行，王班长安排了北师大之行，老卜与李靖安排了南开、天津师大之行，老惠安排了秦皇岛之行，都给大家留下极深刻的印象。他们为了将活动做好，反复设计方案，考察路线，除了展现出才具干练、做事缜密、深孚众望外，更重要的是体现出一腔子热诚。所到之处，每次都能把我感动得一塌糊涂。

二班的同学很抱团。打球唱歌都爱与别人争高论低，每天吃自助餐，二班的总爱凑到一个桌子上，去晚了就挤不进去了。海阔天空，都可以成为话题，言语无忌，笑声放肆，丝毫不顾及别的桌子上人的感受。别的桌子人早走完了，他们还在那儿神侃。有时争得面红耳赤，还真以为自己在决定中国大学教育的命运呢。

被"老先生"

大概是看我年龄较大，也可能是因我较拘谨，讲话有些学究气，二班有人称我为"老先生"，这让我感到很惶恐，感觉把这么崇敬的词用在我身上并不恰切，真是把好端端的一个词给糟蹋了。继而，心里又萌生不平：我并不老呀，头发是黑油油的，从未用过染发剂；娃娃脸也很少相；走路说话不咳嗽不喘气，凭什么说我老？后来查了一下学员名单，发现一百三十多人，上五十岁的仅七八人而已，我名列五十岁以上者，已过知命之年了。几年前，在西安时已有人说我到了"望五奔六"之年了。在颇受打击之后,脸皮慢慢也厚起来了,对这些说法有了抵抗力。与池万兴兄说及此点,他很不以为然,他说他仅四十八岁,在他们三班也被称为老先生了。工业化时代,好产品可以被大批量生产,于是原版就贬值了。开始是同志、师傅、小姐这些好词贬值变味,后来逐渐连美女、大师也贬值了,如今连"老先生"也不值钱了。所谓的中国制造,被山寨被高仿的不仅仅是工业用品,连文化也被大量山寨和高仿。透过"老先生"这一称谓的被泛化、被年轻化、被戏仿化,可以略见一斑。

被"老先生"后,也有不少好处。首先是聚会时没有人给你强行灌酒,你喝白酒、红酒、啤酒或饮料都没有人在乎,喝多喝少也没有人计较。其次是没有人和你开过火的玩笑。在中国文化中,大家对老人很优待很宽容,所以现在我不是拒斥,而是想很快跑步进入老的行列中。

史"两点"

史朝老师是总班主任。很长时间没有发现他有什么特别之处。在开展平行论坛时,通过他的报告始知他对国外高等教育有精深研究。当然,《大学万岁》一诗也能体现他激情昂扬的一面。

二班聚会请他参加,席间聊天才发现他有一个特异处,就是能对所有学员的情况都烂熟于心,记忆力超人。许多过去结业的学员他仍然记得非常准确,对我们西大的惠校长、阎校长的情况非常熟稔,提起一些细节让我大吃一惊。这是当老师也是当干部的一大优点。

史朝老师还有一个特点,据说是被 33 期学员发掘整理出来的。本期学员综合考察,他带山东考察团,所到之处,接待单位请他讲话,他的口头禅是"我讲两点",然后对这两点充类至极,发挥殆尽。回校后大家就将史老师的功夫传开了。史老师知道学员对他的概括,也没有明确否定。看来,史老师认可了有关他"两点"的描述了。

水杉风波

学院举办的主体班几乎每届都要给学院留赠纪念品。有屏风,有绘画,有书法,但最多的是题名的石头,高高低低,错落有致,俨然一道风景。有人说再过几年学校会变成石林或碑林。有人预言 33 期也会留一块石头,但最后确定的是移栽一棵水杉树。

树是活物,移栽在什么地方,能否存活,都是大家比较关心的。有消息灵通者获知即将栽树的纪念地后,还专门进行了考察,认为那块地比较僻,一般人都看不到,已经移栽的植物长得不太茂盛,建议换一个地方。此建议通过学院"校友天地"发到了网上,又通过二班的干部反映到大班上。据说在下面时很多

　　　　　　　　　　　　　　行水看云

人都有同感,但在大会上却只有二班的干部持不同意见,其他班的干部都认为树栽得很好,题词也很好。二班的干部感到很委屈,发誓今后不再发表任何不同意见了。

移栽树那天,我刚好要去体育馆打球,看到已挖了个大坑,坑的底部是石板,民工说再挖不下去了,我说挖不下去也要凿开石块,否则树肯定活不了。我怕他们不听,又给程艺书记发了短信,嘱她过来看一下。经过班委会几位的过问,坑底的石层被凿破,树被移栽下去。

回过头想此事,大家关心给学校留赠纪念品,热情可嘉。想将纪念品置于一个突出位置,让来来往往的都看到,虽有点虚荣,也是人之常情,并无过错,反倒显得同学们的可爱。但校园规划有总体设想,33 期仅仅是承前启后的一个环节,并非特立独行的唯一,凭什么一定要把你们的纪念品置于最显著的地方? 不过,从技术角度看,无论栽于何处,下面如是石板肯定存活不了。很多人未必知道这个细节,故我将目击的情况写出。

水杉风波其实仅仅是微风将浅浅水池吹皱,泛起了一点涟漪而已。也只能算是微风乍起,并未掀起什么波澜。

语文啄木鸟

33 期除了给校园留赠一棵水杉树外,还有一块石头,上面拟题写"上善若水"四字。网上的"校友天地"中有人标出了此话典出何处。大班长王振民在结业仪式上发言时对此也有很好的解释。

我因应邀给大家讲过《高校管理干部与文学素养》，故有人拿校园中的"中和位育"及"上善若水"题词问我。我说"上善若水"是好话，典出老庄，其现代引申多用于管理学，管理圈中曾热议过的"水式管理"即源于此。但与教育理论特别是主流的教育理念联系并不密切。从事经济管理出身的周杰部长也认可我的这个看法。据说二班的干部就此也提出建议，但在大班中没有人支持，二班又成了唯一的反对者。

当然，宽口径理解，用"上善若水"也无大错。但是，校园中不少题名、题词格式还是可以商榷的。譬如竖排题写，行款格式一般应从右到左，题词在右边显著处，落款在左下方。有些是天然石头，要因石制宜。但大多刻石者似乎并不懂得。有的仅四字题词，却用"镌记""铭记"，实际上镌则有，记则无。最突出的是《纯才亭铭记》，全篇用四字韵语，谓铭则可，谓记则无从落实。今人如写这些仿古的应酬文字，首先当中规中矩，其次才是变化革新。建议今后写这类文字，拟从模仿入手，先做到古色古香，然后再变古改制，创造革新。当下浮躁的中国学界，很少有人食古不化，也很少有人全盘继承，大家一门心思都想创新。如连自己的出发点都不知道，又如何创新呢？

勒石题记本是一件风雅的事，搞不好反倒会丢人现眼，如被封为中国文化形象代言人的某名人所写的《钟山风景区碑文》,被网友恶评为"史上最差的碑文"。其他地方出错尚可理解,自诩为中国教育干部"黄埔军校"的国家教育行政学院,最好不要出错。

校园诗人

33 期科班学中文的似并不多,西藏民院的池万兴是一位,广西民族大学文学院蒋兴礼书记也是中文背景。从学科角度看,力量并不大,但喜欢文学的不少。重庆工商大学学工部的华杰,口才一流。六班的班长白海力虽不是中文背景,艺术素养甚好,在"校友天地"中经常能看到他上传的好玩的东西,有不少古典的,非常好。白班长在网上不断传的还有他写的联语,我仔细拜读了,都很切题,平仄也处理得不错。

还有一位诗人叫周晔,我开始并未注意,在"校友天地"上几乎天天能拜读到她的新诗,我才到处打听谁是周晔。有人告诉我是五班的,北京邮电学院的宣传部长。就餐时我夸奖她的诗写得好,她似乎对我的恭维并不激动,只是淡淡地说,北邮的老师都忙于做项目挣经费,她是另类,忙完工作,就去跑步打球,跑完步就去写诗。她还有一个秘密武器,据说喝白酒半斤不醉,五班的男生都不是她的对手。临行时她把五班的外地同学逐一送走,自己最后离开。

临离别那段时间,同学们都很亢奋、很激动,每次分手都行大礼:西洋式的拥抱。送交大的赵昌昌书记时,我也在场,周晔与每个同学都拥抱告别。我也真想和这位女诗人拥抱一下,但理性提醒我:别自作多情。首先,你不是五班的,人家周诗人是和五班同学拥抱,你吃的什么干醋? 其次,你和你二班唯一的女同学也没有拥抱过,在这里凑什么热闹? 更要命的,一个科班中文背景的,三个月中竟然没有挤出一句诗,还好意思与业余诗人拥抱? 离别酒会上各班比赛口号诗,你还没有人家陈池波有才。不要凑热闹了,省省心吧。既然玩深沉,就继续装下去吧。于是我转向她招了招手,就此作别了。

老邢

到学员公寓后首先遇到的是老邢热情递上来的名片,原以为他也是学院的职工,后来发现并非如此。老邢每天都要端着茶杯准时在公寓大厅值班,其他开黑车的则在校门外等候。据说原来所有出租车和接活的车都可以在校内排队,因为太拥挤,院里规定这些车都不能在院里等候,于是老邢挂了一块“教育部用车”的牌子。学院的领导询问,老邢竟顶撞了领导。学院发了一个通知,让门卫将所有出租车和黑车都挡在了校门外,不知因何原因,只有老邢还是把车停在校内。

从黄村到北京车站和机场都很远。我记得机场到学校乘出租打表下来要一百八九十元,差不多要走一个小时,而且极不方便,早晚也无出租车,故黑车在这里就形成了一个巨大的需求链条。学院附近的中纪委培训中心、北京印刷学院、北京化工学院门口都停了很多黑车。

我出于方便,也坐过几次黑车。第一次开车的师傅叫小石头,第二次叫许师傅,第三次叫李师傅。后来多用许师傅和李师傅的车。许师傅是河南人,曾在北京军区为首长开了十年车,人很谨慎。李师傅是大兴本地人,阅历非常丰富,办过企业,当过公司中层干部,因参与打架被关过,见多识广,是典型的京油子。他知道我是搞古代研究的,便说他干过印刷企业,曾给文物出版社和中华书局印刷过古籍,我以为他在吹牛。有次我乘他的车去文物出版社拜访朋友,未想到他和文物出版社的人还真认识。这些司机经常接送各个学校的领导,故对部里、院里和各地大学的情况还真了解不少。有些我不知道的事,他们竟都知道。有些坐车的说些个人隐私,也被他们添油加醋再传播给别人。坐车时也能听到些重要的信息。

老邢的车我一次也没坐,临行时见他仍在公寓大厅喝茶,我与他客气地道了别。不知道以后是否还会有机会遇上他。

(2010 年 5 月 29 日草于京郊黄村教育行政学院学员公寓 5326 室,2010 年 6 月 11 日修改于西大桃园校区寓所)

走近圣彼得堡

应俄罗斯圣彼得堡国立大学东方系罗季奥诺夫的邀请,我于 6 月 28 日至 7 月 2 日出席了该系与复旦大学中文系联合主办的远东文学研究第四届国际学术研讨会,随后又在圣彼得堡和莫斯科逗留了几日。旅俄近十天时光,印象很特别,也有不少感慨。俄罗斯旅行记,较早有瞿秋白的《俄乡纪程》《赤都心史》,友人阿莹也曾有《俄罗斯日记》。我此行所访问的两个城市,恰好一为俄罗斯故都,一为新都,本篇撷取俄乡游历中的几个片断,粗略记录,以纪念此次学术访问。

入关历惊

虽然从报纸上读过俄罗斯海关官员腐败的种种报道,阿莹的《俄罗斯日记》也提及此点,我为该书写过书评,印象较深。行前旅行社的旅行须知中也反复告诫,要有思想准备。但若是没有亲身经历,仍不会有切实的感受。

为了与复旦的陈尚君先生一行会合,我从上海浦东出关。我们的目的地是圣彼得堡,但浦东到圣彼得堡没有直航,必须

　　　　　　　　　　　　　　　　　　　　　　　　　　　行水看云

从莫斯科中转。也就是先从莫斯科入关,再转乘从莫斯科到圣彼得堡的国内航班。

入关时的第一印象是混乱。飞机尚未停稳,就有人匆忙从行李架取行李,朝机舱门口拥挤,这种情况在其他航班(包括国内航班)上均未出现过。海关验关处空间窄人多,更显混乱。几个通关口处不同航班、不同国家、不同旅行团队的人熙熙攘攘,挤成一疙瘩。

第二印象是疏于管理。航班抵达后半天舱门打不开,可能是移动舷梯未到的缘故。坐上摆渡车到入关口又是半天下不了车。通关处人虽多,但如设几个栏杆,拉几条分隔线,基本就不会乱了。如能再有几个值勤的警务人员疏导,也会秩序井然的。相比之下,国内海关的管理还是很值得肯定的。其他国家海关虽不一定井井有条,但也大体是有秩序的。多年来于役各地,印象中最缺乏管理、最混乱的莫过于莫斯科机场的入关处了。

第三印象是慵懒散漫。在莫斯科海关还验证了一个传闻:海关官员工作效率极低。值班人员一到下班时刻就将操办工作停下来,哪怕只办一半,哪怕接班人员尚未来到,他们都会毫不犹豫地停止办公。而接班者往往姗姗来迟,迟到三分、五分甚至十分钟是常见的。通关处的访客可能有人在外等待迎候,也可能有人要转下一个航班,时间紧急,情绪烦乱,甚至有年长体弱多病者,也要在人流中挤来挤去,他们才不会体恤访客的这些困难。国内有绿色通道，我从韩国回国途经上海，就穿越了绿色通道。从出关到再次换乘航班，记忆中半个多小时就搞定了，在俄罗斯我未见到。更叫绝的是，一般办理登机手续、交运行李(Check In)者多是承运航空公司的雇员，他们也是这样的做派，到交班时照样把旅客扔在那儿，扬长而去。我们从莫斯科返沪时就见到了这样的情景。

结果可想而知，由于人多拥挤，也由于低素质官员的工作效率，我们的中转时间留出了四个半小时，仍然非常仓促，险些赶不上转乘到圣彼得堡的国内航班。

不能设想，是否医院里做手术的大夫到下班时间也把病人撇在手术台上让下一班医生来处理？是否在边防国境站岗的卫士也是到时间离岗？他们或许认为休息时间是神圣不可侵犯的，至于谁来接岗、如何交接，根本与他们无关。按中国人的理解，海关是窗口行业，事关国家形象的体面与否。脸面上都是这样，内瓤里会怎样就可想而知了。从西方现代管理学理论来说，有这样的员工只能证明组织调控的无能、管理的失职。

七十多年的共产主义与社会主义教育成果，随着苏联的崩溃竟然顷刻之间被涤荡得无影无踪了，而严格高效的资本主义管理又未完全建立起来。或许这是制度的转型期，也是价值的断裂期。

也怪我倒霉，那天与同行者排队等待通关，人多嘴杂，大家

　　　　　　　　　　　　　　　　　　行水看云

不停地议论,前面窗口忽然关闭。下班者离开,接班者未来。
于是人群中有点骚动,有人发出"No, No"的喊声。不一会儿从
旁边走过一男一女两位穿制服的海关人员,似乎要开新的窗
口。于是大家欣喜地鼓掌,以示欢迎,我也跟着拍了一下手掌。
刚好那位男警员又转过来,不停地问:谁在拍手? 他已看到我
拍手了,就问:"你拍手了吗? 请把护照取出,到后边来。"我机
械地点点头,恭敬地把护照给了他,随他到了队伍后面。他把
护照扔在一间办公室门口的桌子上,把门拉住,又忙其他事去
了。我当时还是比较镇静,知道急也没用,梳理了一下思绪,想
究竟该如何应对。据说在俄罗斯钱能通关,但我带的美元尚未
换成卢布,而且钱还在内衣袋中没有取出;为这事要给警员塞
一百美元? 太冤了,也不值得。何况光天化日之下,众目睽睽,
他真的敢拿? 如果人家本无此意,这样的贿赂方式相当于对警
员乃至海关的公开羞辱,恐怕他会恼羞成怒,到时更解释不清
楚了。这时复旦的张金耀兄过来询问,问是否该给塞钱,我说
先解释一下。于是他过去帮说了几句,意思是拍手并无恶意,
是看到值班人员回来接班而感到高兴,我也说了表示歉意的
话,于是那男警把护照还给了我。前后约一刻钟,同行的伙伴
都欢欣我的拍手没有酿成事件,问这问那。是否塞钱? 是否
挨打? 我至此始情绪大坏,有关俄罗斯的种种美好意象一下
子被粗暴地揉碎了。这种坏心情一直左右着我旅俄的整个
过程。

俄罗斯历史上曾产生那么多伟大的诗人、小说家、导演、编剧、演员、画家,俄罗斯的思想家曾有那么多深邃的天才的论断,俄罗斯的科学特别是军事科学曾长期让欧洲和美国震惊。但坦率地说,今日所见俄罗斯人的慵懒,俄罗斯现代管理的低效率、无序化,不光是与日、德、英、美等先进国家差距很大,就是与中国也无可比性。我们可以自豪地说:今日的小弟在很多方面都可以做昔日老大哥的榜样。

三 恶

照导游萨萨的说法,俄罗斯警察主要欺负外国人,特别是外国的游客、移民者、打工者,有些人语言不通,有些人没有签证,就任由坏警察随意敲打。

留学生也常常是受害者。俄罗斯寒假短,但中国学生都想回国过春节。返国签证所需手续繁杂,其中一项是要学校提供请假证明,学生回家心切,胡乱编一些借口,给学校办事者塞一点小钱,就可以拿到盖章的假证明。公费留学生自认为他们是国家掏钱送出来的,高人一等,不愿花这笔冤枉钱,于是办事过程中经常受阻。他们把这其中的黑幕交易写出来贴在网上,有关当局看后大光其火,责令核查,并处罚相关责任人。潜规则被破坏了,但显规则并没有正常建立起来。此后一年多,学生们办事多被穿小鞋,更加有苦说不出口。

在俄从事经贸的中国商贩也有一肚子苦水。入关的货物若要通过正规的白色通关，三四个月也办不妥，花钱从灰色通关的渠道办理，快则快矣，但不给你相关的正式文件，这就意味着你的货物可能被视作走私、黑货或是假冒伪劣。若不被查到就算侥幸，若被查到，肯定要被罚款，甚至被扣留、没收全部货物。按照旅俄华商及中国国际贸易学者的解释，去年莫斯科中国城集贸市场被查封，货物被扣留，就是这个原因。我们在莫斯科所住宾馆距离原来的集贸市场不远，随着导游的指点，但见断垣残壁，满目荒凉，让人不禁欷歔感叹。

导游萨萨还讲了一个关于医院的段子。说某科室主任对护士的来迟走早很恼火，扬言要严格管理，整肃纪律。几个护士说一定要给主任一点颜色看看，各自想出了捉弄主任的方法。一个护士说她给主任的茶杯中加了利尿剂，所以主任上班后不停地上厕所。另一个说这不算什么，她的丈夫是修锁匠，帮她配了主任办公室抽屉的钥匙，她打开抽屉，将存放的安全套全扎破了。第三个护士听后，当场晕了过去。

谢公

安老师这几年病快快的，去年大半年到今年前几个月都是在医院度过的，我曾看过她几次。她过去经常提及一位美国从事唐代文学研究的学者艾龙（Eide Elling O.），写了不少李白研究的文章,颇有见地,与安老师过从颇多。去年以来,她一直念叨一位叫谢尔盖·托罗普采夫(Toroptsev Sergey A.)的俄罗斯学者,说这位学者对李白真诚热爱,曾沿着李白的行踪走了一遍,实地考察,与诗文勘对,多所发明。她还保留着与托罗普采夫的合照,向我出示过托罗普采夫的著作,并写了很长一段话记录此事。

　　我不懂俄语,过去也较少留心俄罗斯唐代文学翻译和研究的历史,所以对这件事并没有特别在意。

与谢尔盖·托罗普采夫教授在宴会上

　　在圣彼得堡大学的这次会议上,我有幸一睹此公的风采。回到下榻的宾馆在网上一搜索,发现他多次去过中国,与四川、

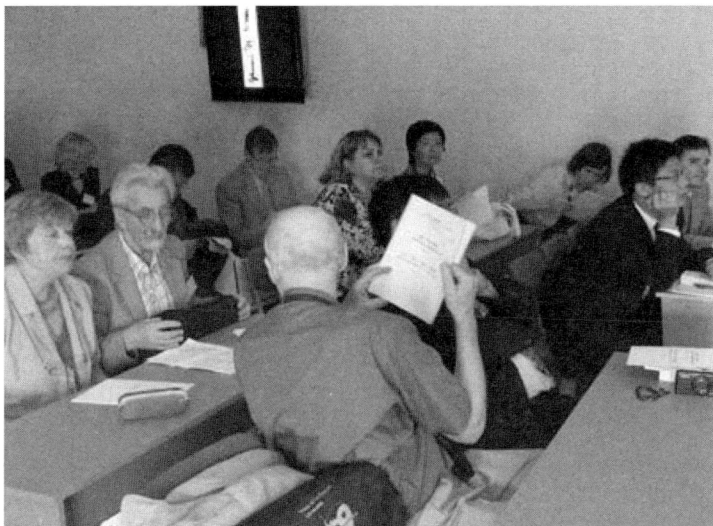

学术报告会一角(左二为李福清院士、左三为谢公)

重庆、湖北、山东、安徽等地的李白研究者都有交往,很多人在网上径称他"谢公"。

开幕式上主持人介绍来宾时特别提到李福清院士和谢公。下午的第一场报告分别由谢公和薛天纬教授讲演。薛老师现任中国李白研究会会长。所以在晚上的欢迎酒会上,我特意将谢公和薛老师拉到一块儿,告诉他们,谢公与安老师喜欢李白,薛老师是安老师的开门弟子,我也忝列安老师门下,又姓李,故李白将几个异国不同时的人绾合起来,我们三人还一起合影,我又单独与谢公照了相,希望能记住这段因缘。

谢公虽已七十高龄,但精神矍铄,人比照片更排场也更显年轻。第二天的会议间歇,他题写了一册他关于李白研究的新著,嘱我转交安老师。我也将自己的一册小书赠给了他。

白夜

过去学外国文学课程,知道陀思妥耶夫斯基有个中篇小说叫《白夜》,一位意大利导演维斯康蒂(Visconti)还将其改编成电影,搬上了银幕。故事很唯美动人,用的是陀氏惯用的笔墨。但小说为何叫《白夜》,就不甚了了。网上有人说小说名和电影名"White Nights"是误译,按照它的法文词源意思应是"A Sleepless Night",即不眠之夜的意思。

小说分四夜来写,主人公在彼得堡住了八年,故事都发生在白夜时期。

第一次体验真正的白夜是在圣彼得堡。据说 6 月 22 日前后,此地几乎一夜光亮如昼。我们待的这几天一直到晚上十一二点,仍如下午三四点钟。

靠山吃山,靠水吃水。圣彼得堡利用这奇异的气候景观发展旅游,每年 5 月至 10 月是旅游季节,而 6 月 22 日前后则进入黄金季节,这里除了鳞次栉比的旧俄时代法国式宫殿和涅瓦河水景外,另一个吸引眼球的卖点就是白夜。会议主席在闭幕式上坦陈,他们对罗留沙(罗季奥诺夫)执意将会议安排在此季节捏着一把汗,担心各国学者利用白夜期间狂欢,没

有人去听会。看到大家都很认真地发表,热烈地讨论,他也释
然了。

白夜是圣彼得堡的狂欢节,很多恋人都选择这段时间结
婚。中学生们也凑热闹,男男女女合租了加长的礼宾车,在河
边和宫殿旁拍照,一时美女如云,美腿如林。

据说与夏至日相对,冬至日前后一天没有几小时阳光,变
成了所谓的黑昼。我不知是因劳累还是不适应,在这狂欢节中
没有丝毫的兴奋,整天睡不够。每天晚上照常睡,但白天在车
上或在会议间歇,仍不停地打盹。

涅瓦华章

有客人讨好地说:圣彼得堡简直是北方的威尼斯。但北极
熊主人并不领情,傲慢地说:不,不,应该说威尼斯更像南方的
圣彼得堡。

我没游过威尼斯,不好强分甲乙,硬做轩轾。但我觉得宫
殿和教堂给圣彼得堡以坚挺的骨骼,河水则给她以丰盈的血
液;宫殿和教堂更像圣彼得堡的男人,而河水则像圣彼得堡的
女人。

圣彼得堡地处芬兰湾,毗邻波罗的海,陆地上几十条河流
纵横交错,编织成网状。其中最著者,当推涅瓦河。

知道涅瓦河是在中学世界历史课本上,讲述十月革命,核

在涅瓦河畔(背后是阿芙乐尔巡洋舰)

心词是涅瓦河、阿芙乐尔巡洋舰、冬宫。"文革"中看到别人写的政治抒情诗中,经常出现这几个关键词,但不知其中的空间关系,人云亦云而已。亲历其间方才明白,所谓"十月革命一声炮响"的"炮"是指阿芙乐尔巡洋舰上发的炮,但所发应指信号炮而非轰炸炮。

游览涅瓦河是件很惬意的事。天不炎热,风也不猛烈,坐在游艇的甲板上,听圣彼得堡大学一位女教师用中文介绍,她的口语很不错,又有兼做导游的经历,讲解得相当专业。

游艇像一条灵巧的鱼儿,从主河到支流绕来绕去,又在鳞次栉比的楼群中穿梭而过。河两岸的建筑或繁缛、或简明、或华贵、或质朴,重复并变化着。建筑构成的景观像钢琴声般柔美而流畅,像圆号音般嘹亮而饱满。美则美矣,但连续欣赏仍然会有些单调。这时会蓦然出现一个金碧辉煌的尖顶教堂或塔楼,打破视觉的单调与平衡,仿佛一个强劲的高音突然刺穿寂静。游览便这样不断地被变化、被刷新、被展开、被推进。游艇在河网中转了一个大圈子,又回到出发点。头尾衔接,真好像一曲古典的乐章。

断桥

涅瓦河上还有一奇观,就是断桥,一种可以自动开合的桥。

河两岸是奢华的城市,河流成了沟通内陆到波罗的海的交通干道,大船小船水运十分繁忙。据说在彼得大帝时河上并没有桥,水乡景色,一派怡然。往来对岸要用船运载,画面虽好看,但是极不方便,效率也十分低。故彼得大帝之后,河上造起了不少桥,两岸往来十分便捷。但桥又阻挡了过往的大船,因高度的限制,巨型商船、豪华邮轮便不能通行了。

聪明的圣彼得堡人设计了可以自动开合的活动桥。每天凌晨 1 点到 4 点河流主干道上的桥打开,让大型船只集中往来,于是形成了断桥。好奇的游客为了一睹奇景,要么彻夜不眠,要么早早起床,围站在河两岸观赏这一景致。

但圣彼得堡的妇女们不干了,她们公开抗议。因为他们的丈夫经常以断桥为借口,夜不归宿。夫妻龃龉,家庭矛盾,离婚率直线上升。于是市政当局只好每天都让一个桥最后断开,保证两岸行人特别是醉酒的男人再晚也能回家。过了一段时间,人们观察离婚率并未降低,才知道这是那些酒鬼男人为了躲避回家找的一个堂而皇之的借口。

白桦林

记得看由同名小说改编的大片《日瓦戈医生》时,对片头、片尾的白桦林印象极深,好像是摄影,又好像是油画,但却具有水粉的视觉效果和水墨的写意境界,配着忧郁的俄罗斯音乐,那样的单纯,又那样的静谧。

从莫斯科到谢尔盖耶夫镇和弗拉基米尔市途中,要穿越漫长而茂密的森林。森林中主要有两种树木:一种是白桦,一种是雪松。有时闪过的是单纯的白桦,再闪过单纯的松林,有时又是白桦和雪松的间作套种,这样的景象延续了很久。俄罗斯幅员辽阔,类似的森林不知凡几。在这样旷日持久的旅行中,人们很容易沉思,也很容易学会享受寂寞。或许俄罗斯人性格中的沉默与森林有关。

据说俄罗斯人喜欢把女人比作白桦木,把男人比作小狗熊。现任总统梅德韦杰夫名字的俄语词,意思就是小狗熊。

白桦的挺拔象征了俄罗斯少女的亭亭玉立,她的常见又象

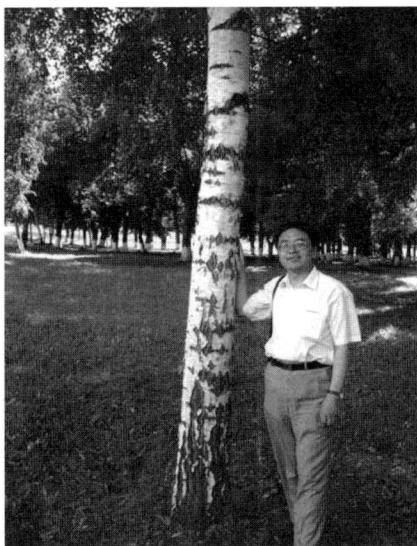

在莫斯科的白桦林中

征了俄罗斯女性的随和忍耐。白桦木质松软，无法长成粗大坚硬的栋梁，所以俄国人多用作柴火，唯一和艺术沾边的就是做成套娃。套娃是富有俄罗斯特色的手工艺品，从大到小数十个，有精美的，也有粗糙的。但售价均不太高，从几十卢布到几百卢布，上千卢布的很少。套娃不好携带，题材与造型也有些雷同。陈尚君先生淘到一个套娃很有创意：最外边的是现任总统梅德韦杰夫，内套总理普京，普京内套叶利钦，叶利钦内套戈尔巴乔夫，戈尔也乔夫内套勃列日涅夫，勃列日涅夫内套赫鲁晓夫，赫鲁晓夫内套斯大林，斯大林内套列宁，构成了 20 世纪从苏联到俄罗斯领袖的简明谱系。我临行前还看到一个套娃，比尚君先生所购更大更逼真,内中还有一些过渡时期的苏联领导人,形成了十几套。但我的行李箱已满,这件作品又太大,恐怕归途中挤压坏了。我拿在手上 恋恋不舍,最后还是放下了。

圣彼得堡的规划

莫斯科的海关官员与警察让我轻视俄罗斯人,圣彼得堡的城市规划与遗址保护又让我敬佩俄罗斯人。

圣彼得堡大学与涅瓦河仅隔一条马路,透过教室的窗口,可以凭眺河景,可以远望对岸的冬宫。我们下榻的 Sokos 宾馆,距河岸与校园也都不远。每天早上,我都陪薛老师在河边遛弯儿,呼吸着清爽的空气,细细地鉴赏把玩这座历史名城。

多年来,我一直醉心于园林文化,连类而及,对城市建筑与规划也颇多留意。我发现圣彼得堡与那些超级大都市有很大的区别:人口不多,显得很悠闲;规划有序,不是杂乱无章的大拼盘;分割为几个功能区,各自发挥自己的独特作用。闭幕式结束后的告别晚宴在哈尔滨餐厅举行,车从整齐典雅的老城区驶向新城区,我才看到了圣彼得堡的另外一个面相。这部分与莫斯科区别不大,与中国内地的建筑也风格相近。

老城区的规划首先体现在道路设计上。大抵是以涅瓦河为中轴线,向两岸延伸,纵横有致。不知道路是后来改建的还是当时就如此,楼殿之间、建筑物之间的道路特别宽广,当年跑马车不存在问题,现在多部汽车并驰也应无虞。

城区的规划还体现在基调的统一和强化上。老城区以法国巴洛克式建筑为范本,总体追求古典风格。不同时期的、新旧不一的、功能有别的建筑,都朝向一个基调靠近。苏联时期不少建筑遭到破坏和改建,现在似乎又尽量从色彩和装饰上抹去那个特殊时代的痕迹,修旧如旧。对各种花哨的灯箱广告、艳丽的霓虹光影、喧嚣的现代音响,似乎都有意识地进行限制。

规划的另一手笔是对高度的控制。老城区绝大多数建筑为三四层,加上地下也就五层。个别建筑的高度虽有所突破,但又巧妙地掩藏起来。我们下榻的 Sokos 宾馆有七层高,但主楼被前楼巧妙地包起来,不显山露水。在大体整齐中,只有教堂和塔楼似不受此限。色彩很华美,高度也可以自由地向空中伸展。指向无限的塔尖与金光闪耀的圆顶,体现出表面呆板的俄罗斯人对彼岸的痴迷,对精神世界的向往。

我忽然觉得,圣彼得堡老城区的独特风致颇像一位贵妇人,即使蓬头垢面,也不掩国色天香;虽历经沧桑,仍有一种典雅凝重,让人只能远观,不敢亵玩。

破车

30 年前,中国公路上跑得最多的进口车可能是伏尔加,可是现在市面上已经很少能看到这个苏联的车标了。在趋新上,中国人有点像日本人，非常势利也非常现实，什么品牌最先进最时尚，就追赶什么。

在俄罗斯，我也见到一些豪华夸张的礼宾车、奢侈糜烂的欧洲跑车和气壮如牛的越野车。可以说，俄罗斯最豪华的车并不比中国差。但是，就我这个车盲的短期见闻而言，发现俄罗斯的进口车并没有中国多，俄罗斯的新车更没有中国多。换言之，我在圣彼得堡和莫斯科所见，街上跑的，停车场停的，多为破车。

有些是车况太旧，故整体如旧货市场上的二手车。据说俄罗斯无汽车报废年限一说，只要四个轮子能转，他们就会一直开下去。俄罗斯冬天奇冷，雪季又长，道路上使用的融冰雪产品腐蚀性很强，对道路和车辆的损坏很厉害，所以俄罗斯的路况整体也没有中国好。有车族对自己坐骑的呵护，也做不到无微不至，故相当部分车看起来既脏且旧。

还有的车显然是被碰撞甚至是肇事后的，漆皮掉了，车窗破了，照开不误。据说冬天时糊了报纸挡上纤维板也会行驶如常。有些人手头拮据，保险公司的理赔如直接给了个人而不是维修厂，他们会将赔款拿去喝酒或挪作他用，而懒得修车了。前后左右都这样，大家也就见怪不怪了。

中国的经济改革较俄罗斯更有成就感。先富起来的一大批中国人，像撒了发酵粉的馒头，从里到外都膨胀，开名车新车如穿尚未熨烫尚未剪标签的时装。只不过从中国宝马车出来的,多是伧俗的个体老板。而从俄罗斯伏尔加车出来的,往往是矜持的淑女和绅士。如把这两组画面叠加起来、联系起来,不知列位该作何判断?

只有暴风雨,没有海燕

没看冬宫,恐不能算来过圣彼得堡。

有关冬宫的许多故事,也是在中学时代深深植根在大脑中的。那时还流行一部俄版红色经典《列宁在十月》,与我们样板戏的创作原则大同小异。但天天在银幕上、剧院中、广播上被灌输样板戏,把人灌腻了。除此之外,能看到少量的几部符合"三突出"原则的苏联、朝鲜和南斯拉夫的影片。奇异的面庞、奇异的服饰、奇异的风景和建筑,对于在文化沙漠中被长期封闭的中学生而言,打开的就是一个奇异的新大陆。也就是在这类作品中,从影像上知道了冬宫。中国进入新时期后不久,"苏东波"也发生了巨变,解密的史料说布尔什维克战士打进冬宫,毁掉了不少文物,还在女皇的床上撒过尿,以表达强烈的阶级仇恨。

到了圣彼得堡,发现会议主办方的日程安排中,专门留出半天时间,组织代表游览冬宫。原以为参观就不需要我们操心了,也没有什么悬念。但是变化永远比计划快。

7月1日午餐后,代表们在会议工作人员引导下,来到学校外边集合。好多人上午有发言,西装革履,衣冠鲜亮,不慌不忙地迈着矫健的步伐。主办者本来计划用旅游车把大家送到参观点,但因距离太近,不到 2 000 米,穿过宫殿桥便到了,尚君先生率部分代表已先行出发了。后边的人也不好意思再等车了,纷纷尾随着前行。出发时天朗气清,几分钟后行至桥上时,天色陡变,黑云压桥,暴风骤雨顷刻而至。

那是我平生经历过的最大的一次风雨,那几百米也是平生走的最艰难的一段路。我高度近视,离不开眼镜,又害怕暴风将眼镜卷走,故将眼镜紧紧攥在手中,缓缓地小步移动。风雨本来就大,又在桥中间,无遮无拦,任凭吹打,无丝毫躲避的可能。事实证明我是正确的,复旦的仇鹿鸣君的眼镜就被风刮跑,怎么找也找不到了。几位穿西装的也淋得像落汤鸡似的。只有朱恒夫先生仍能在雨停后风度翩翩地掏出小梳子,整理狼藉的头发。他此行最有成果,认了朱可夫元帅为本家兄弟,所以走路说话都很精神。

冬宫早已变成了艺术博物馆。像其他公共场所一样,游人如织,进出都非常拥挤。冬宫收藏和陈列的稀世珍品甚多,从绘画到雕塑都非常精美。印象最深的是埃及的木乃伊,毕加索的真迹,拉奥孔雕塑复制品。还有一个金光闪耀的宫殿,以及宫殿顶部的宗教壁画。真仿佛行走在山阴道中,琳琅满目,让人应接不暇。因事先没做准备,也有许多让我糊里糊涂、没看明白的。

行水看云

参观结束了,大家都各作鸟兽散。我与肖瑞锋先生及朱刚兄想再等一下尚君,故走得慢些。返回宾馆的途中,不慌不忙,优哉游哉。但在距宾馆不到 1 000 米时,又一场急风暴雨开始了。几乎容不得人思考,也容不得找地方躲避,倾盆大雨直泻下来。我们一行慌不择路,在临街的一个小棚下躲了一会儿。衣服已全湿了,皮鞋也进水了。他们两人仍要等,我看大雨没有停的意思,干脆在雨中狂奔起来,一口气跑回宾馆。

在乌云密布的涅瓦河畔,在游览冬宫的前后,首尾呼应,我经历了两场真正的暴风雨,但未看到高傲的矫健的像闪电般的海燕,连海燕的影子也没有。

（原刊《美文》2011 年第 11 期）

哈佛的两个细节

发达的弊端

在国内常听说僻静的中小城市市民聊天时爱说,他们的城市竟然也会交通拥挤,并以此作为跻身大城市的一个标志。

初抵哈佛,在 Harvard Square Hotel 下榻。安顿下来后想到的第一件事就是与友人联系。我出境之前已开通了联通的国际漫游,入海关后发现手机的未接电话通知功能没有了,但未回复的短信有几十条,每条都用电话回复太奢侈。于是就想按国内的习惯短信回复,联通的提示说可以直接对原来的号码回复,我试了几次均告失败。加上国家号码 86 试,还是失败。在 86 前加 00 仍未成功。折腾了好几天,迄今不知用国内的手机及号码在美国究竟该如何发短信。

短信发不成,那么就上网查邮件。打开电脑才知不能无线上网,向宾馆服务生询问,他们说要另外买一个卡,每天十美金。我觉得太贵,有些舍不得。到了晚上还是觉得到了互联网的故乡不能上网太滑稽了,于是咬了咬牙购买了上网卡,输入用户等信息后,发现信号不稳,网速奇慢,校园网及几个国内的门户网站半天上不去。便一边坐在小桌上写这篇短文,一边观察网络运行。几个大网站在本文已写完后,仍未登录成功。我向服务生抱怨说网速太慢,她说可能有其他人上网。或许这网速也像最近国内的城市陆路交通及空中交通一样,都拥堵不堪。美国在未解决现实交通的同时,又要面临如何解决虚拟交通的问题。

为了防堵,我只能起早贪黑,利用别人睡后或未醒时上网,像国内有车一族提前出发、错时行车一样。好在因时差未调整过来,整天糊里糊涂,困了即睡,醒了就工作,这样做对我的影响有限。

剑桥市中心的这家宾馆,收费不算低,既不提供免费早餐,也不提供免费上网,收费的网速又是这样奇慢。坦率地说,这些方面与国内相比反倒有了距离。但因其距哈佛太近,去学校太方便,故只能委屈自己了。

既然拥堵成了发达和繁荣的标志,我只能说服自己接受这些不便带来的种种烦恼。

忙碌的教育工场

这次出访集中于波士顿一地,又住在剑桥镇,故几乎天天要从哈佛校区路过,漫步校园,不时联想,也不时感慨。

虽说哈佛人喜欢说先有哈佛,后有美国,但哈佛似也不是一次建成的，而是像摊煎饼似的逐渐扩大。由老校区渐次层累式地形成新校区，最后占据了现今剑桥镇的大半。

国内大学校区过去普遍小，近二十年特别是近十年多有扩大，于是议论纷起，闲话很多。其实学校在办学质量水平上升的同时，由于招生人数增加，校区规模扩大也是自然而然的。我们与哈佛等名校有差距，表现在各个方面，包括校区和校舍面积。缩小差距不是一天能完成的，把这些指标分解开来，一项一项地逐步努力，才是现实可行的。哈佛由一个社区学院扩张为当今的哈佛教育帝国，可圈可点处极多。如不是拘泥于大而无当的理念，从细节上哈佛也能给我们许多启发。

哈佛既是名校，那么从美国甚至世界各地来朝觐的人自然也络绎不绝。校园内参观的人，比校外行走的人还多，哈佛似未制定限制游客进入校内的规定，可也不是任何人都可以进入任何地方。譬如校内图书馆、博物馆就规定只有持哈佛 ID 卡者，以及剑桥镇、波士顿市的人始能入内。

哈佛校内就像一个大工地，不是这里维修房舍，就是那里重铺道路。施工车辆、货运车辆多拉快跑，热气腾腾，一片忙碌。这种情景国内大学也多见。出现在国内校园中，肯定又要挨骂；可出现在哈佛，不知该作何解？

我寻思如此大的校区，一次性建成是不可能的。一次性维修或装修完毕，显然也是不可能的。何况工程项目不同，工期也不同，不断有旧项目结束，又不断有新项目开工。忙乱中透出生机,透出兴旺,透出蒸蒸日上。有需求才会有项目,有项目才会有施工,有施工才能拉动内需和外需。

因学校办出了名,小镇及城市的许多行业便都与学校有关了。附近多处宾馆酒店的名称中均夹有哈佛的字样,如不是实地考察或入住,仅仅凭网上的介绍,还真不知他们与学校是啥关系,距离有多远。还有多家商店经销哈佛的纪念品,帽子、T恤、休闲服、运动服、文化用品等。一家书店也打哈佛的字样,甚至有一家中餐馆也加盟,借用哈佛燕京学社之名,取"燕京"为餐馆之名。既为哈佛师生服务,又借名校招徕生意。于是小镇就像一个忙碌的工场,形成了围绕哈佛这个品牌的一系列产业链。

如果从这个意义上说教育是产业,我也承认。

吃茶来

在佛光山不二门前

　　十五年前,应友人之邀我曾为台湾佛光出版社的一套白话版高僧传记丛书撰写了一册《马祖道一大师传》,(收入本系列题为《马驹:道一传灯录》)当样书辗转送到我的手上时,看到置于卷首的总序赫然有主编星云的名字。当时对星云大师所知甚少,只是听过坊间流传的一个段子,说他曾提着一口空皮箱开示一位知名人物,使其"拿得起放得下",最后于言下顿悟。

十年前,林佩芬女史与佛光大学发起召开"海峡两岸历史文学戏剧学术研讨会",会议分两轮开。首轮于 2001 年秋在西北大学召开,第二轮于次年 5 月在台北宜兰的佛光大学开。时任佛光大学创办校长的龚鹏程教授,用家藏最好的金门高粱酒招待大家,他的酒量好,故他喝得也最多。

西大方面是朱恪孝副校长带队,我和阎琦、高海龄、贾三强、张阿利等随行。会后,主办方为我们安排了一次富有特色的环岛行,从台北到台南再由台中返回。沿途在佛光山所属丛林禅院下榻,吃素食住斋房听佛音,不仅身体感觉清爽,精神上也受了一次洗礼。印象最深的是朝觐佛光山,这里不仅仅是一

在宜兰佛光大学参加学术会议

在佛光山开山纪念碑前

个清静修行的好去处,而且是具有现代管理理念、设施齐备、服务周到的佛教文化体验和旅游景区。近年来内地宗教界才喊出的一些口号,在佛光山早已付诸实施了。星云大师不光是虔诚的信徒,而且是一个有大誓愿的佛教改革家。他倡导"人间佛教"的宗风,积极推动"新佛教运动",把佛光的丛林办到了五大洲,有寺庙,有学校,有图书馆,有出版社,有电视台,有报纸,他借助一切现代手段来弘阐佛教,光大佛教。唯一的遗憾是,我们去佛光山时,他并不在台湾。据说他当时云游海外,在新加坡弘法。

因缘凑巧,2011 年 4 月下旬,应西安世园会组委会王军先生的邀请,星云大师抵西安,出席诗偈石碑揭幕仪式。主持人为星云大师安排了两个活动,我有幸都参加了。

参加星云大师诗偈石碑揭幕仪式

26日下午在浐灞的凯宾斯基酒店华山厅，星云大师与西安各界人士有个座谈会。据方光华校长介绍，西大原拟请星云大师来校作一场演讲，上报主管部门，终未获批复。所以西大的一行人便直接到座谈会上拜访星云大师。座谈会上光华校长代表西安和西大致了欢迎辞。我将与佛光山的这段因缘简单讲了一下，还提到西大太白校区有唐代实际寺遗址，及西大马长寿、周伟洲、柏明、李利安、方光华、张弘、孙尚勇、李海波等的佛教研究。

星云大师精神矍铄，声音洪亮，他回应大家的问题时，词锋所向，滔滔不绝，略无滞碍，颇有演讲才华。印象最深的是，他说佛教是无神论,胡锦涛讲和谐,佛教的出家信徒叫和尚,也就是崇尚和谐。但和谐不一定是相同、一样,不同、不一样也可以和谐。大师不回避别人说他是政治和尚的说法,他说两岸交流要基于一个"爱"字,你来我往,来来往往,便永远也分不开割不断了。

第二天上午,在世园会长安塔前,举行了星云大师诗偈石碑的揭碑仪式。星云大师将他《佛光菜根谭》中的两段话摘出来,移赠给西安世园会,由书法家邱宗康、石瑞芳各书一石,作曲家甘霖则将两诗合成一篇谱了曲,名《巧智慧心》。

第一块石碑上刻的偈语是:

我看花,花自缤纷;我看树,树自婆娑;我览境,境自来去;我观心,心自如如。

按《佛光菜根谭》原文是:"我看花,花自缤纷;我见树,树自婆娑;我览境,境自去来;我观心,心自如如。""我听风,风自萧瑟;我望雨,雨自激浊;我赏云,云自出岫;我临水,水自凌波;我惜时,时自如梭;我悟道,道自宏博。"

第二块碑上的诗偈是:

一花一草都有生命,一山一水都有生机,一人一事都有道理,一举一动都有因果。

歌曲将这两段诗偈合并成一首。本来揭幕仪式是邀光华校长参加的,他因事未能去,由我代替。我在仪式上也讲了一段话。

事情也真奇妙,十多年来我风尘仆仆,到处奔走,并没有追上星云大师的脚步,偶然间却在家门口见到大师的法相。场面上的那些隆重盛大、火红热烈都匆匆过去,了无痕迹。我甚至记不准时间和所讲的内容了。但星云大师在座谈会讲的那些道理,刻在碑上的那些浅显的偈语,却深深留在了我的心上。

（2011 年 7 月 24 日追记于西大萃园。原刊《美文》2011 年第 11 期）

案牍残墨

"作家摇篮"碑记

在作家摇篮碑揭碑仪式上

西北大学设校于汉唐旧京,神州奥区,故河岳英灵,造化神秀。海内外英才景从受学,源源不断,龙象腾跃,骅骝驰骋。誉者谓人文渊薮,岂止系乎水土风气,棫朴多材,西岐有凤,自古皆然也。

其中语言文学一科,滥觞于大学堂,拓宇于抗战时,发展于建国后,兴盛于新时期。各项事业自卑而广,由弱而强。教师以通专结合、德才兼备训育,学生知能并重,守正创新,服务社会,成就卓越。戊子年校友贾平凹、迟子建获茅盾文学奖,万武义获韬奋新闻奖,吴克敬、白阿莹等获冰心散文奖,皆为母校赢得殊荣,引各界高度关注。

是年孟冬,学界群贤毕至,校友少长咸集,济济一堂,由茅盾文学奖双星、雷抒雁诗歌、作家班成就而及西大作家群现象,并就大学教育与文学创作诸论题发抒宏论,总结经验。校友谋树丰碑,以资纪念;公推平凹题词,勒石永存,诚一时之盛事也。果使公诚勤朴得以发扬,栋梁之才不世而出,则吾校之强大,国族之振兴,为期不远。而此碑之光焰,亦将永照天壤矣。

戊子年冬月文学院镌碑,李浩题记

行水看云

祈福中华赋

祈福中华赋书匾

斗指乙，至清明。天承运，地钟灵。春和景丽，万物竞荣。华夏儿女，敬镌金匾，祈福于桥陵。

赫赫初祖，万世垂功；五千年文明，化育龙凤传人；九万里神壤，浇铸钢铁长城。辛亥岁肇共和，百折不挠；己未春推改革，浪逐心高。回首戊子往事，天地动容；否极泰胜，气贯长虹。南方冰雪，汶川地震，八方大救援；奥运圣火，神七升空，九州同欢庆。超越仇视,两岸三通;绿色环保,持续共赢。对内关注民生,和谐共享;对外维护和平,风范泱泱。虽遇时艰,多难兴邦;翘首前程,自信自强;科学发展,再铸辉煌。我祖佑护,无疆无量。

击钟鼓兮献颂,声磅礴于霄壤;感恩德兮祈福,泽普施于四方。承先祖之伟业,谱民族之华章。精神家园,历久弥芳。继往开来,山高水长。

（按:本篇撰于2009年初,己丑年清明公祭黄帝典礼上书匾敬存于黄帝陵。初稿曾由陕西省祭陵办苏宇主任征求郭芹纳、肖云儒、杨恩成、李志慧诸先生意见,特说明并公开致谢）

行水看云

中华和谐赋

岁次庚寅,节届清明。百卉争荣,万象更新。中华儿女,肃穆诚敬,击鼓献赋,祈福于桥陵。

伏惟我祖,肇启文明。仰观宇宙,俯察品种。功德五千载,和合铸传统。天人之和,敬畏自然之神明;群己之和,维系社会之稳定;民族之和,促进邦国之振兴;宗教之和,弘扬世界之安宁。煌煌天地人,彪炳日月星。呵护生态,珍惜环境。科学发展,以人为本。民尽其才,物适其用。望今日禹甸,又沐春风。金鸡唱晓,百鸟和鸣。木欣欣以放歌,泉涓涓而欢腾。淑气盎然,雅韵恢弘。昂首奋进,锦绣前程。

沮水泱泱,襟江河以朝宗;桥山苍苍,领山岳以包容。击鼓以吟诵兮,和声悠长。鉴往以知来兮,走向辉煌。千秋始祖,永佑万邦!

（按：本篇撰于2010年初,庚寅年陕西清明公祭轩辕黄帝典礼,列为第六项议程,由学生朗诵）

辛卯清明公祭轩辕黄帝文

　　维公元二〇一一年四月五日,岁次辛卯,节届清明。大地毓秀,瑞霭缤纷。炎黄子孙云集于祖庭桥山,谨以竭诚典范之仪,恭祭我人文初祖轩辕黄帝之陵曰:

　　远古荒昧,孰辟鸿蒙?缅我始祖,卓然挺生。制作礼乐,文物典章一脉相承;繁衍族群,八方子孙同气咸亨。炎黄联盟,九州大地渐趋一统;化成天下,丰功伟绩流布无穷。奠民族之初基,奏华夏之正声。

　　斗转星移,多难兴邦。改革开放,举国腾骧。回顾庚寅,感慨深衷。灾害虽袭,大爱无尽。挽玉树于既倒,扶舟曲之将倾。科学发展,探索践行。世博展异彩,亚运汇群英。紫荆共白莲,并传香馨。两岸增互动,手足情深。华夏新形象,远播环瀛。民生为先,枝叶关情。福祉尊严,允为德政。富国强军,本固邦宁。泱泱华夏,五洲是钦。

　　桥山染绿意,沮水荡春光。辛亥百年,走向民主共和。建党九秩,推进民族振兴。喜新局之将启,任重且长;辅旧邦以新命,慨当以慷。凤凰涅槃,开运呈祥。玉兔灵动,大道康庄。巍巍祖庭,山高水长。大礼告成,伏维尚飨。

附:经陕西省祭陵办改定,赵正永省长恭读之祭文稿:

惟公元二〇一一年四月五日,岁次辛卯,节届清明。中华儿女,云集桥山,谨以敦诚敦敬之礼,恭祭我人文初祖轩辕黄帝之陵曰:

缅我始祖,卓然挺生。制作礼乐,文物典章一脉相承;繁衍族群,八方子孙同气咸亨。炎黄联盟,九州大地渐趋一统;化成天下,丰功伟绩流布无穷。

百年共和,奠民族民主之初基;九秩奋斗,扬华夏振兴之雄风。回顾庚寅,感慨深衷。挽玉树于既倒,扶舟曲之将倾。世博焕异彩,亚运汇群英。科学发展,铸十一五之伟业;民生为先,绘十二五之景图。新局起程,任重且长。紫荆白莲,并蒂齐放。海峡两岸,携手共进,和平统一,翘首企盼。华夏新形象,远播寰瀛。

桥山染绿意,沮水荡春光。凤凰涅槃,开运呈祥。玉兔灵动,大道康庄。巍巍祖庭,山高水长。千秋始祖,其来尚飨。

安川高速公路赋

　　夫道路之筑,固为国本,尤系民生。遥想五丁开山,勾连天梯石栈,秦山蜀水,始通人烟;穆王游历,驰骋腾雾超影,西部交通,宜乎肇造。秦修驰道,车轨恒一;汉凿西域,货殖畅流;唐续丝路,德威远播。览周秦汉唐之雄强宇内,靡不得助于长安辐辏八面,关中枢纽亚欧。泊乎共和,咸与维新;改革开放,国运重振;百业昌隆,交通先行。秦地高速,通车已逾六千里;灞柳相别,重逢何必叹经年?今之掌交通者,不惟幽情以思古,更当蹈厉以发扬。

　　庚寅仲冬,安川高速告竣,包茂陕线贯通。四方闻者,莫不盛称其善。盖任河栈道,千年驮运茶马。巴山汉水,自古视为畏途。唯地蕴灵气,天赋雄姿,揽造化之形胜,钟南北之韵致。嗟乎巉岩叠构,沟壑交织。考工营作,多涉禁区。天工开物,功补造化。壮哉卅载六月,募巨资而偕众力,运群智而起宏图。冲极限,战犹酣。克万难,争卓越。精诚所至,蛟龙拜舞。阙巨嶂以贯长隧,跨激流以架彩虹。今毕工之道路,下傍渌水,上跨瀛湖,北连金州,南越巴山。于是秦头渝尾,永为坦阔大道;崇山峻岭,宜乎闲驾悠游。华都偏邑,无虑互达。内联外接,纵横辐射。百年夙愿,盛世得遂。主事者嘱余铺采摛文,以美筑路宏业,且歌且赞曰:路桥告竣,造福八方。载歌载舞,凤鸣鸾翔。山欢水笑,天人交响。高速事业,再谱新章。

庚寅岁杪　夏州李浩敬撰

（按:本篇撰于 2010 年,初稿曾呈请傅光、刘炜评、李芳民诸友审正,特说明并致谢）

毕业聚会铭文

　　商周旧俗，国之大事如戎与祀，多铸铜铭录。后世袭之，渐成制度。辛亥以降，帝制土崩，典章瓦解。惟乡野风俗，偶有存留。己未年秋，有七十子投考西北大学，专攻国学，本科修业。激扬文字，粪土王侯。四年学成，奔赴八方。服务桑梓，投身各界，充栋充梁，广有成就。癸巳年酉月，历毕业卅祀，班长号令，乃谋集会，于是迢迢万里，载驰载驱。辐辏长安，凭吊故地，把臂话旧，感慨系之。学子赤诚，系心母校，踊跃捐助，各有贡献。植林铸鼎，寄托深远。歌舞酣畅，诗文清越，又续学坛新佳话。乃铭曰：

返校嘉会，师生呈觞。

报效母校，用志不忘。

青春几何？精神万丈。

吉金贞固，地久天长。

附

录

发现的智慧
——品读李浩

吴克敬

嗟叹岁月的易逝,是文化人的一个通病。我在阅读李浩老师的《行水看云》时,由不得自己,又犯病了。弹指二十四年过去了,犹记得我在西北大学读作家班和现当代文学研究生班的时候,李浩老师给我的教诲,实在是太深刻了,我以为受益匪浅。现在再读他的著作,让我恍惚有回炉西大的感觉,幸福地再次接受李浩老师的教诲。

早些年,李浩老师结集了一部《怅望古今》的书,那一次的阅读与这一次的阅读,隔了快四年的时间,但我的感觉是一样的新鲜。我以为,阅读老师,如与老师喝酒吃茶一般,酒依然是辣的,茶依然是苦的,但却从这辣和苦里,有新的发现。

老师的发现首先是语言上的,不像人们通常的作为,总在吃力不讨好地驾驭语言,那样刻意和饶舌,面对面说,让我担心会折了他的舌头。李浩老师就不是这样,他使语言回归到历史的长河中,进而又回归到生活的溪水中,不见激烈,不见混浊,舒缓有度,清清亮亮,仿佛敲窗的春雨,洗刷着历史的尘障,又滋润着现实的生活,牵连着人的思结,阅读起来就不忍放下,直觉舒服!

老师的发现还在于他的叙述角度。一般情况,文字操作者或者习惯了站在理想主义的云端里俯察大千世界,或者习惯了站在大千世界里仰望云端之上的理想。除了这两种之外,还有别的叙述角度吗?可能有,但我不能肯定,我在努力地寻找另一种叙述视角。苦苦地寻找,忽然在李浩老师这里寻找到了——老师坚定地站在现实的土壤上,彼此平等地审视对方。咱们说,这能不是李浩老师的发现吗?承认是他的发现,是很容易的,知道他的发现,而且还要学习他,就绝非容易,这要求我们必须如老师一样,任何时候,任何情况下,都必须葆有一颗波澜不惊的平常心,唯此,才可能以平静的心态去平视历史,去平视现实。

虽然如此,老师却一点都不琐屑,像他写历史,即深蕴着文化的意义,《怅望古今》是这个样子,《行水看云》亦是这个样子。如《怅望古今》中《丑的历程》一文,老师从殷商的青铜器,古典绘画和诗歌,以及戏曲人物等方面,阐释了丑"不仅是美的补充和映衬,而且有其独特的历史流程和价值指向,是中国艺术史上弥为珍贵的奇观异景",很"值得我们去深入探索研究"。再如《唐代的启示》一文,老师即从盛唐的物质文化成就、制度文化成就、精神文化成就诸方面,向我们的社会明确地提出了五个方面的启示,即:树立文化的自主性;涵养文化的多元性;保持文化的多样性;促成文化的会通性;构筑强势文化与外向型文化。我不能引述太多,但我相信,哪怕仅是提纲挈领的引述,我们也可发现李浩老师的发现是怎样的珍贵和实用。

老师的用笔,沉淀在历史深处是这样,放眼于现实生活也是这样。《禽兽慰灵碑》是他《怅望古今》中的一篇短文,写老师远赴韩国游学的日子,他在庆尚大学科学院见到一个卵形巨石,其间嵌有一碑,上书:"人与物兮,同生两间。乃禽乃兽,为学资材。我闻古佛,报必于施。物为人用,惠利万端。顾我大学,感德同涯。视尔来生,莲出金池。"为禽兽树碑,在我泱泱中华是不好想象的,韩国的科学工作者做了,他们做得让一位中国教授心服口服,中国教授李浩在文尾不禁感慨:"盲目追赶现代化的中国人,偏执地以人定胜天、征服自然为科学理念,没有天人和谐的生态意识,能有多少原始创新与自主创新,能在多大程度上追赶上世界潮流?"他因此还不无激愤地说:"丢弃了所有的人文素养,折断了另外一个翅膀,是悲是喜,孰优孰劣,我不知道。科学的疯狂崇拜者读此碑不知作何感想?"同样的妙文,在老师的《行水看云》一书中,可谓俯拾即是,《勿扰麻雀和熊猫》就是如此,老师起笔即说,"当下的中国内地,给人最强烈的印象是:一副生猛的暴发户气派。到处是新开工的大工地,到处是新开张的阔商铺,到处是新竣工的高楼盘……"可是,"没有人瞧不起我们,不要动辄一惊一乍,天天弄出许多响动来……我们也有五千年的文明,拿出点贵族和绅士的气派来,低调谦逊,文质彬彬,从从容容地干自己的事,也让环境安安静静"。

呀呼嗨……倡导静穆的老师,可否允许我为您歌一曲信天游,来为您祝贺呢?我心虚得厉害,就只有噤了声,依旧俯首在您制造出来的文字海洋里,去发现您的发现,去感受您的感受。因此,我还要说:向老师致敬!向老师学习!

（本文作者系西安市作协主席、著名作家）

短线时论，卷入今天

——读李浩《行水看云》

李国平

朋友转来李浩要结集出版的随笔散文集《行水看云》，并捎来李浩的话，说：请看看，提提意见。我感谢李浩兄的器重，人尽其用，我这个几十年的编辑阅读校样再合适不过，我也知道这是李浩一贯的谦逊品性使然。前几年曾读到李浩的随笔集《怅望古今》，又看到这本《行水看云》，我当然是由衷喜悦和亲切的。

我最先读的是《走近圣彼得堡》一文，因为恰有一个机会使我很快就可以追随李浩的足迹踏上俄罗斯的土地，又因为李浩写到了我的朋友、圣彼得堡大学的罗季奥诺夫先生，我们都叫他"罗流沙"。因为是朋友的亲历记叙，让我对俄罗斯有了点先行的感知，又多了几分紧张和亲切。《双飞翼》这一篇让我怦然心动。《双飞翼》记叙作者中学时代的老师，抒写那个蛮荒、封闭时代的文化氛围，特殊环境下形成的独特的教育环境、文化传承和文化风景，作者笔下饱蘸感情，流露出深藏的感伤、浓浓的感念情绪和深挚的文化情怀，又以亲历者的身份考察了这个民族不灭的文化传承的民间形态。这篇文章一下子勾起了我遥远的记忆，拨动了我深藏的心弦。《双飞翼》写出了一种少年的憧憬，一种生命的生长，一种文化顽强，一个时代的场景和时代场景在同样怀着梦、冲动与理想的师生心中的投影。这又何尝不是一代人的记忆、一代人抹不掉的情结。

我和李浩是同龄人，又都就读于西北大学，近些年接触较多。我有时想我和李浩这一代人，成长过程不乏苦涩和美好，幸运和不幸都很难说，优点和缺点都很鲜明。我们夹在两代人之间，被两个时代冲撞，性格里不由自主多了一层矛盾，想洒脱一点行水看云，但又不能摆脱责任义务怅望古今。具体到每一个个体，又常常遭遇事业和工作的矛盾。我印象中的李浩永远是温和宽厚的，讲话也始终是温和婉转的。他本质上是一个学人、书生，但谁又敢说他内里没有滚烫的心灵，没有世俗的情怀，没有创作的冲动。我能感受到他的压力和辛苦，这些年来他以一介书生的身份主政西北大学文学院，宏观的背景，并不乐观的现状和努力后的蒸蒸跃升，人所共睹。他和同事们一起，营造了一个良好的文化生态，不仅在人和事上，而且更在教学氛围和学术共同体的构建上。这都和一种牺牲精神、一种情怀和胸怀有关。李浩的专业是中古文学研究，他的《唐代关中士族与文学》《唐代园林别业考录》等著述早已远播海内外，他的学术造诣、学术建树我不敢置喙，但是李浩这几年的担当和无法拒绝的"旁骛"让他有多少懊恼、多少苦恼、多少欣慰,我想治学者会体味得到。

这本集子,李浩谦虚地说,是"教书或专业写作之余的边角料",我看也可以这么理解,我们把它当成一种"玩票"、一种"旁骛",被动的和主动的。按我的理解,学人的著述往往是在学术著作规范之外的文字,会流露出真性情,会不吐不快,表达自己的真知灼见。学人的著述,往往也是带着镣铐跳舞,但是一旦将镣铐暂搁一边,舞步也会轻盈飞扬起来。

李浩的这本《行水看云》,在我读来,有这么几个感触。

一、形散神不散。这本集子就内容和文体而言,或品书香,或写人,或记行旅,或论文坛,或谈世相绘浮世,有类"雪泥鸿爪",有类俞平伯先生的《杂拌儿》,但都有着自己的感知和经验做支撑,贯穿着一种文化精神,流露着一种文化情怀。

二、表现出了丰富的学术修养,作者恰切地将学术知识和理性思考融入自己的形象表达之中,作者的文字,发乎情止乎理,节制而有所蕴藉,表达富于理趣与智情,但又让人能看出文字底下深藏的情感、丰富而微妙的心绪和不能化开的文化情结。

三、相当的文学感知力和穿透力。关于阿莹的《俄罗斯日记》,我们都写了文章,唯有李浩,坦直地指出了中国和俄罗斯这一对欢喜冤家剪不断理还乱的复杂纠葛。我们谈《俄罗斯日记》,都是直线条的,唯有李浩,敏锐地发现了阿莹面对俄罗斯的过去今天所流露出的矛盾心绪。谈论保勤的诗，说他的诗作植根于古典，受郭小川、贺敬之、李季、闻捷的影响，这是一般的追踪，而李浩一眼就看出了作者取资于戴望舒、卞之琳、何其芳的地方，指出这样的传承，可见李浩的文学修养之深、视野之广。他谈马玉琛的《金石记》，评论安黎的创作，既有对作品深切的感知，又有超乎文本的评说，都表现出了相当的识见。时下，谈及大学的现状，梅贻琦的大师大楼论几乎无人不晓，无人不谈。这个常识我们当然认可。可是李浩出于自己的直接经验，并不满足于泛泛而论，他对大学构建、大学性格的解读要比我们多几个层次。

四、宏观的文化视野和胸怀。讨论一部电视剧，李浩参照的不是狭窄的主旋律，不是实用的功利思维，而是大文化观、大历史观。他不仅注重历史真实，而且注重艺术真实，"将主人公陷入这样进退维谷境地的并不是历史本身的事实，而是主创人员缺乏大智慧，他们以为只要给一部作品贴上主旋律的标签就可以使其成为主旋律的大片，殊不知却恰恰丢掉了历史的主旋律。这一导向说明该剧……不仅忘却了历史上中华儿女共同抗日的主旋律，同时也忘记了当前祖国统一的主旋律"。克罗齐曾经说过：历史照亮的不是过去，而是现在。这样的评论远远超越了对一部作品的评论，实际上显示了作者宽广的历史视野和对当代文化的深刻思考。

五、我读《行水看云》，最强烈的感触是一种强烈的介入意识,是一种浓郁的介入文化的现场感。学人散文,各式各样,但如果宥于一种把玩和自赏,则自降一格。学人散文最可贵的品格在于它的现实感、现场感,在于参与当代文化建设的眼力和勇气。朱学勤先生曾经有过这样的表述,"左手写长线学术,管它春夏秋冬,右手写短线时论,不妨卷入今天"。我以为,李浩的散文随笔,正是这"卷入今天"的一类,他的言说,不仅参与当代陕西文学运动、当代陕西文化的思考和构建,而且,他持的是一种具有普遍意义的文学观、文化观、价值观。讨论《百家讲坛》,李浩说,"中国当下最迫切的不是普及古典文学知识,而是普及民主、正义、宪政、权利、义务这些公民社会的基本构件"。这是一个具有独立品格的思考者的言说,表达出了一个学者对我们整个社会文明进程的思考和参与,这是一种文化情怀,更是一种知识分子品性。李浩的散文写作是一种学人写作,也是一种贯穿着知识分子精神的写作。这是这本书的血脉和骨髓。这样的精神内质撑起了他的散文格局。

(本文作者系陕西省作协副主席、《小说评论》主编、著名评论家)

读李浩先生新作

黄 海

　　《行水看云》是一部重力向下的书,金属的锈色正在包裹着它,以至于它被外表隐藏了本质和光泽。《行水看云》在考验我们的耐心,这种隔是时间的,可能也是心里的。它承载的是像风筝那样向下的牵引和方向,它越来越抵近的却是高处。

　　李浩先生是研究唐代诗歌、园林建筑文化、美学思想的学者。这部书都是关乎这些知识的外延,形式是序跋、讲稿、发言稿、访谈录等。他文风严谨,语言拙朴,作为批评文本,有通观古今的参照,更有一种对当下日常的关注。他寄情于苍茫寂静的历史,也深耕于喧闹的市井。他有一个传统知识分子的心性,沉静而宽阔,得体而无华,他待人是善良和宽厚的。

　　他写下的是此物,他的意向却在彼岸。这部书的重要性是抵达例证的真实和具体,他不接受来自事物表面的消息。作为学者,他不以惯用的教授方法,不以道德者自居,他做的是如何思想,如何日常,如何拓新。《诗经》说,周虽旧邦,其命维新。他如此痴心地用文化的传统承接变化的世界。有人对此沉迷、堕落、失望、沉默,他却在笔耕春秋。

他是要抵达真理吗？行者无疆——无论是他微观文化，还是深观人生，我以为一个后知后觉者，是集大成者。他抵达的是物化的本质，虚化的哲思。当我在这本书中穿行，从唐文学到唐乐，从影视到当下文化，从中外教育到学术的探究，无不充满他个人的思辨和独立发现。他的这些不惯常的文学表达充满着禅意。

行到水穷处，坐看云起时。

我读完《行水看云》，也是这种心境。冥想、虚实、在别处、彼和此，李浩先生足以游刃有余地穿行在此，并精细地捕捉事物的根本。他遭遇世间万象，声色犬马，他在文字中散发的真气正是知识分子具有的情怀。

那刻的意境从唐朝到了现代，水成云时，云作水，变化的是过程，不变的是心态。一千多年前的诗人王维寄意于日常，在乎山水。动与静，在他看来，不过是虚虚实实或实实虚虚而已——他对诗歌的处心积虑，在生活中早已蓄谋已久了。

李浩先生关注的是历史和生活中的文化差异，这些变化可能是被修饰、被遮蔽的。他正在重新审视这些差异的变化，并且寻找那些恒久的——并且直到现在还在反复的光亮，然后把它呈现出来。他正在精准、宽深地掘开、甄别和发现，在艺术的问题上，他从来没有妥协自己，他表现出来的是敏感和警醒的方式。

我喜欢他文章落到实处的真知，每一次富于灼见的思索，近乎干瘦的写实,给我们带来的其实是辽阔和空空荡荡。他严谨的写作在伸张他人生的智慧、本真和自由,在我看来,他其实捍卫的是独立判断在个人生活中的价值。这对于我们每个阅读者都意义非凡。

(本文作者系《小品文选刊》主编、著名散文家)

行水看云

后记

当初将一册小书交给三联书店时,感到篇幅小,有些单薄。朋友说那就做成一个系列,我说又不是打群架,一个好汉寡不敌众,再吆喝几个帮手来帮闲?好在帮闲垫背的还是自家兄弟,等于左手帮右手,并没有高低主从之分。于是本来的独唱,现在变成了四重唱,拉来的角色等于自己为自己的场子友情出演。一个笨拙的想法是,四声喊叫声音或许能大些,能传得远些。其实也未必。在发表和出版大众化、多样化的时代,参演、参展的数量其实不是问题,关键还是质量。而随笔杂感的质量又涉及许多更复杂的方面,有些是写作者问题,有些是环境问题。我只能以认真踏实对待,其他都谈不到。

还记得本册结集时,有朋友指出这一集中不少文字烟火气很重,书名有些轻,压不住内容。我斟酌了好久,还是没有改动。一则已报了选题,不好动,若出版后改书名更不好。再则落实到每篇文章写作的具体情境,或许当时很执着,有些烟火气,但到结集时已能拉开距离,像挑剔别人一样对自己吹毛求疵,现在审改清样,更生了几层隔境的感慨。

一般人都会说书名由唐人王摩诘诗化出,自然不错。

但要我如实招供，还不完全如此。其实在我之前很久，接受者以不同的方式对摩诘诗意进行了很多再创作，其中元代诗僧了庵的阐释最引人注意："闲来无事可评论，一炷清香自得闻。睡起有茶饥有饭，行看流水坐看云。"了庵清欲禅师从禅修的立场对摩诘诗意进行了展开，也对诗境做了很大的开拓。"闲来无事"、"自得"云云，谈何容易，仅仅"睡起有茶饥有饭"已很难办到。想想看，一个人的"有茶有饭"还是小事，但要普天下大众都"有茶有饭"，免于饥渴，解决温饱，那将是一项很大的米袋子、菜蓝子工程！而要米袋子、菜蓝子绿色有机无污染，无公害，只有步入生态文明时期才能喝上放心茶，吃上放心饭，真的还道远任重。而在放心的温饱之后，再追求大珠禅师"饥来吃饭困即眠"的修为境界，山重水复，曲曲折折，前路还很远。水的意象也可以引申。中国人讲：少年读书，石板刻字；中年读书，粉笔写字；老年读书，河里划水。这是从接受知识的不同阶段而言，老年人记忆衰退，读书的印象如在河里划水痕。古希腊的赫拉克里特说："人不能两次行过同一条河。"这是从万物变动不居来讲。英国诗人济慈的墓志铭是："人生一世，不过是把名字刻在水上。"这是对自我极悲观也是极达观的透彻之悟。刻水、划水、行水的意蕴太丰富、太冷峻了，我是钝根的俗人，这样的认知抵达不到，这样的境界则心向住之，"行看流水坐看云"的好句子我拿得起却再放不下了。于是就偷过来，用它作书名吧。

2014 年 12 月